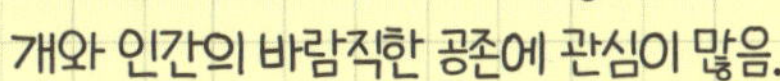

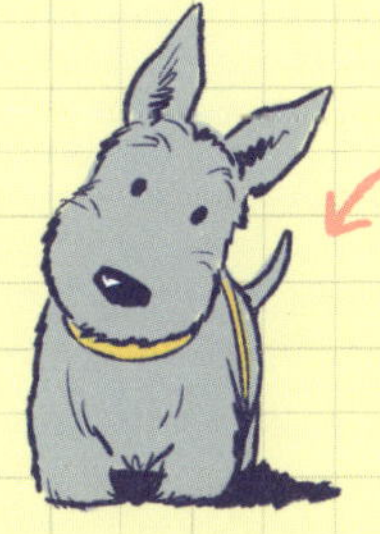

이름 : 똥꼬
나이 : 견생 9년 차
성별 : ♀
품종 : 귀는 크고 다리는 짧은 전형적인
　　　 스코티시 테리어
특징 : 소심, 까칠하지만 감성적인 타입은 아님.
　　　 어떤 일에 열심히 파고드는 걸 좋아함.
　　　 개와 인간의 바람직한 공존에 관심이 많음.

똥꼬의 개 그림 노트

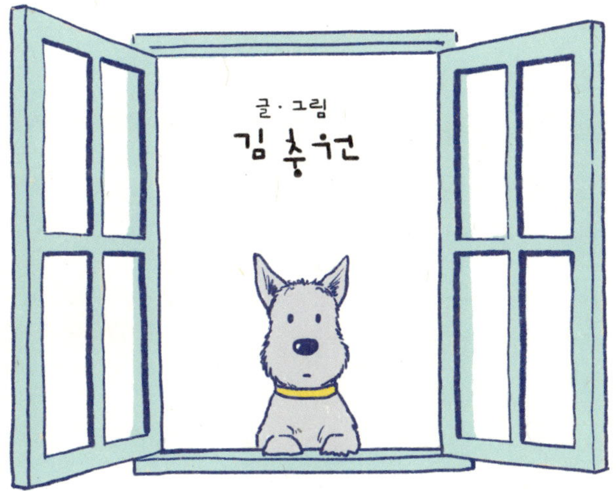

글·그림
김충원

나는 모스크바라는 도시에서 태어났어. 태어난 지 4개월이 되었을 때
하비가 한국으로 데려와 이 집에 살게 되었지. 하비는 나를 먹이고
보살피는 데 가장 큰 책임을 지고 있는, 내가 가장 믿고 따르는 인간이야.
매일 나와 산책하는 시간 외에는 종일 작업실에 틀어박혀 뭔가를
그리거나 만드는 일을 해. 진짜 직업이 뭔지는 나도 몰라.
나는 어려서부터 하비에게 길들여지면서 다른 개들과 비슷한 기본 교육을
받았어. 그런데 하비 곁에 하루 종일 붙어 있으면서 좀 더 특별한 능력을
갖게 되었지. 조금씩 하비의 말을 이해하기 시작한 거야. 그러면서
인간처럼 생각하고 인간의 다양한 감정도 알 수 있게 되었어. 그 덕에
다른 친구들보다 좀 더 넓은 시야로 개와 인간의 관계를 바라볼 수 있게
되었지. 하지만 나는 '개'잖아! 그건 부정하고 싶지 않은 사실이고. 그
정체성과 자존심은 지키고 싶어. 그래서 나는 늘 나의 '개다움'과 본분을
잊지 않기 위해 노력하고 있어. 하비의 말을 알아듣지만,
전혀 못 알아듣는 척하는 것도 실은 그 때문이지.
이 노트도 지극히 '개다운 개'의 관점에서 느끼고
생각한 걸 기록한 거야. 아무튼 나를 '생각하는
개'로 만들어 준 하비에게 감사하고 있어.
우리 집에는 4살 솔이부터 90살 왕할미까지,
나이도 개성도 다양한 반려 가족이 함께
살고 있어. 하비의 엄마 왕할미,
하비의 손녀 솔이, 솔이의 할머니 함미,
솔이의 외삼촌 쭌 그리고 솔이의 엄마,
아빠 이렇게 7명이야.

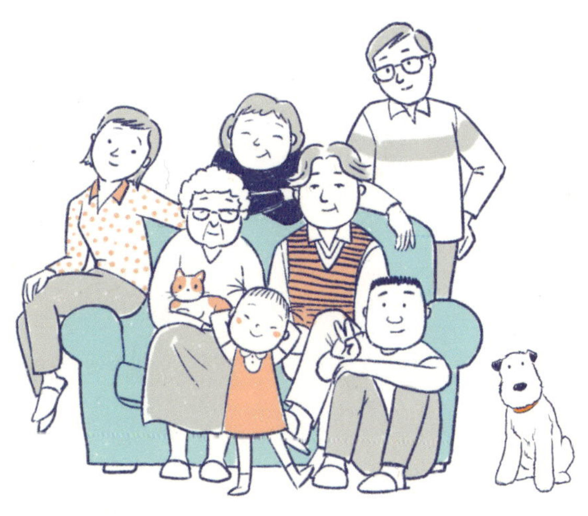

하비라는 호칭은 내가 좋아하는 솔이가 할아버지를 '하삐'라 해서 나도
따라 '하비'로 부르게 된 거야. 나는 가족들의 특성을 모두 파악하고
있어. 어떻게 내 마음을 전달하고, 어떻게 해야 내가 원하는 것을 얻을 수
있을까 늘 고민하며 이 가족의 한 구성원으로서 내 역할에 충실하기 위해
나름대로 노력하고 있지. 나보다 한 살 많은 이 집의 또 다른 반려견
망치는 나와 일상을 공유하며 살아가는 가장 가까운 친구야. 약간
우유부단하고 철이 없긴 하지만 까칠하고 소심한 내 곁에 망치가 있어
다행이야. 우리가 '하루님'이라고 부르는 암고양이도 우리와 함께 살아.
우리보다 먼저 이 집에서 살고 있었고 나이도 많은 데다가 언제나
당당하고 독보적인 존재감을 풍기지. 늘 나를 투명 개
취급하면서도 어느 날은 느닷없이 다가와 갸르릉 소리를
내며 당황스러운 스킨십을 하곤 해. 신기하기도 하고
때로는 두렵기도 한 존재야.

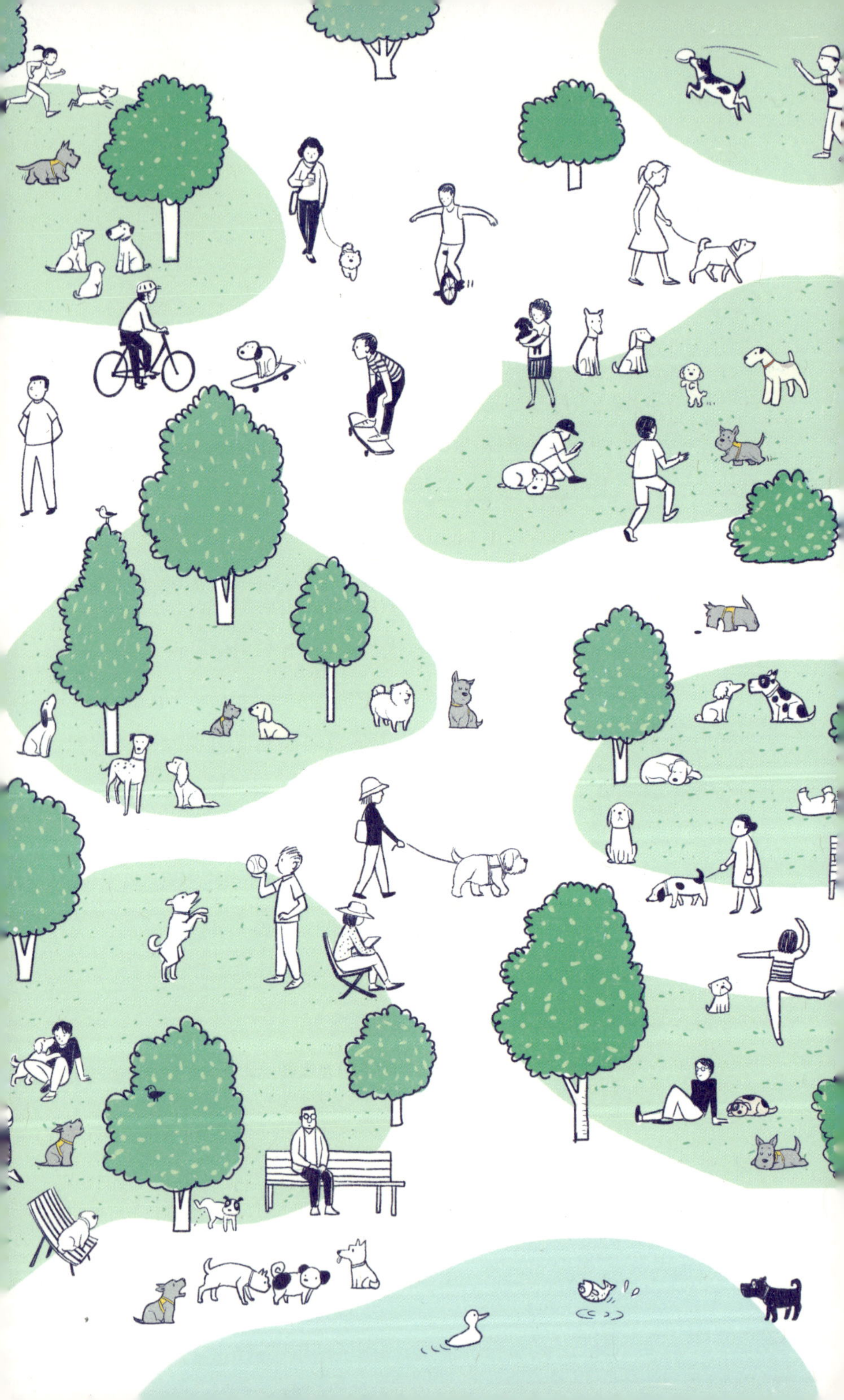

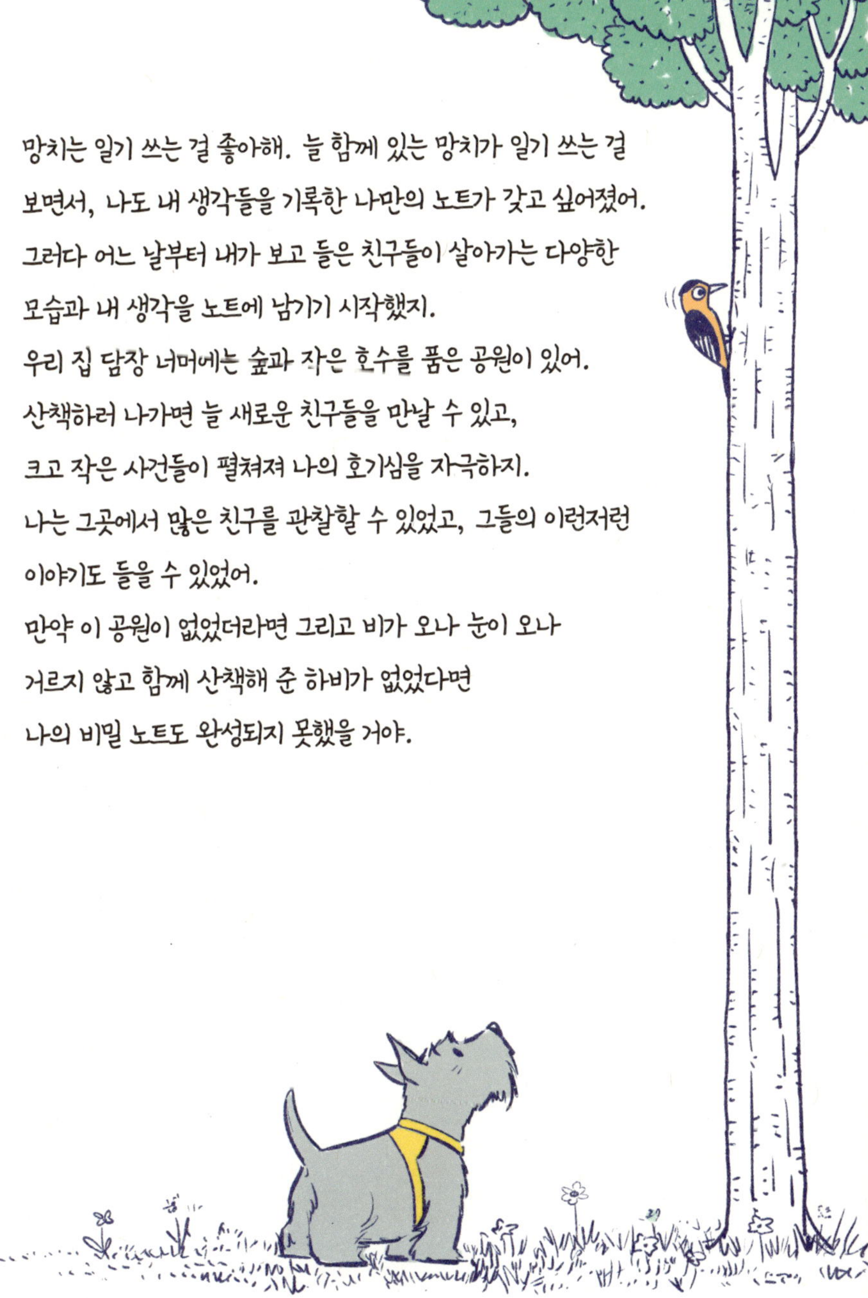

망치는 일기 쓰는 걸 좋아해. 늘 함께 있는 망치가 일기 쓰는 걸
보면서, 나도 내 생각들을 기록한 나만의 노트가 갖고 싶어졌어.
그러다 어느 날부터 내가 보고 들은 친구들이 살아가는 다양한
모습과 내 생각을 노트에 남기기 시작했지.
우리 집 담장 너머에는 숲과 작은 호수를 품은 공원이 있어.
산책하러 나가면 늘 새로운 친구들을 만날 수 있고,
크고 작은 사건들이 펼쳐져 나의 호기심을 자극하지.
나는 그곳에서 많은 친구를 관찰할 수 있었고, 그들의 이런저런
이야기도 들을 수 있었어.
만약 이 공원이 없었더라면 그리고 비가 오나 눈이 오나
거르지 않고 함께 산책해 준 하비가 없었다면
나의 비밀 노트도 완성되지 못했을 거야.

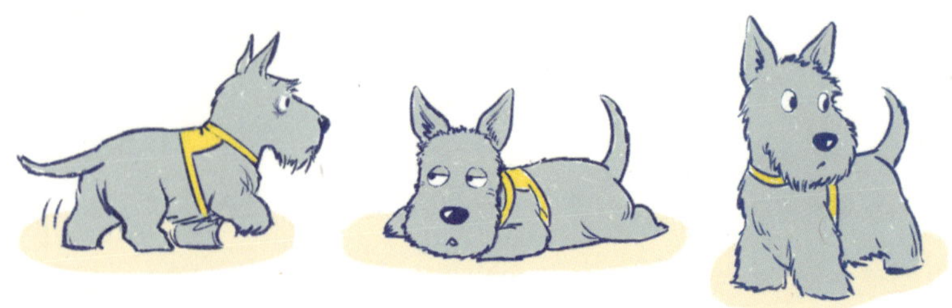

나는 우리가 인간의 반려견으로서 존재하는 이유를 크게 세 가지로
생각해 봤어. 첫 번째는 맹인 안내견처럼 어떤 필요에 의해서.
두 번째는 인간의 외로움이나 불안을 해소하기 위해, 혹은 그들의 허영심을
만족시키기 위해서. 내가 중요하게 생각하는 건 세 번째인데 그건 바로
'사랑'이라는 마음이야. 소수의 품위 있는 인간들은 어떤 이유나
목적 때문이 아니라 그냥 사랑하기 때문에 우리를 보살피고 기꺼이
희생을 감수해. 외모가 예쁜 강아지가 아니어도, 병에 걸리거나
나이가 들어 더 이상 걷지 못하게 되더라도 그 사랑은 변하지 않아.
사랑의 본질은 존중과 희생에 있음을 알고 있는 그들은 결코
우리를 살아 있는 장난감이나 한낱 어리석은 동물로 취급하지 않지.

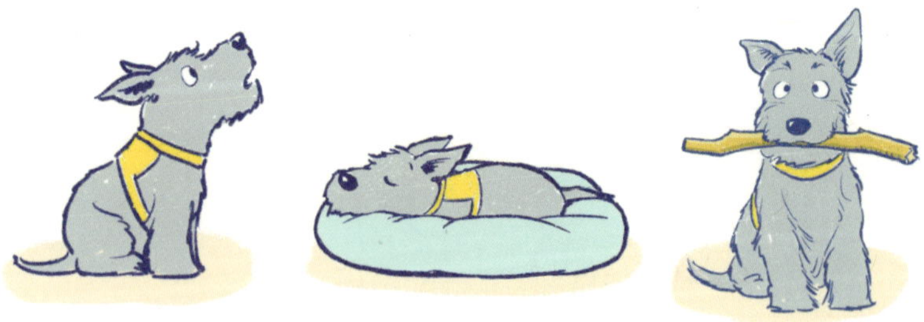

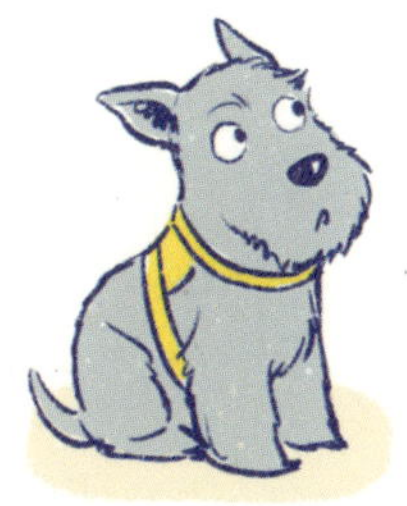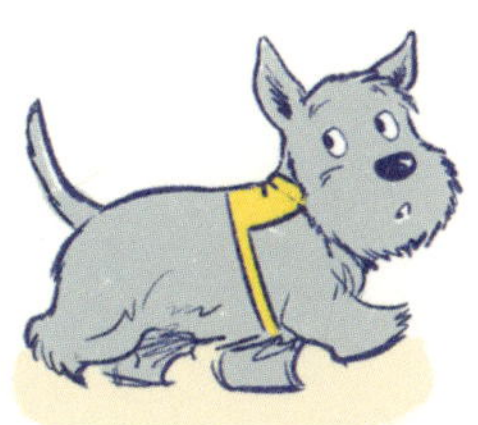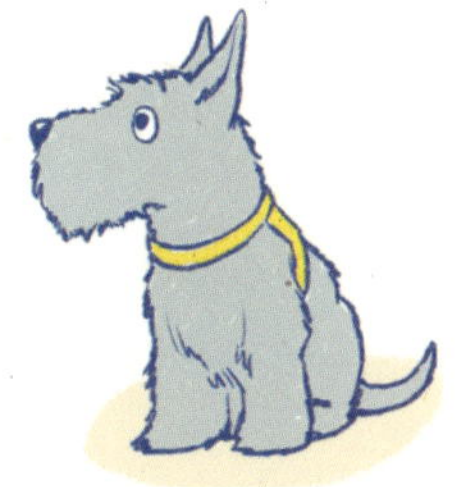

자신과 똑같이 하나의 생명과 감정을 가진 소중한 존재로서 우리를 대해.
하지만 인간 중에는 자신도 모르게 우리를 학대하면서 그걸
사랑이라 착각하는 경우가 많아.
그 잘못된 사랑은 자칫 또 다른 불안과 폭력으로 이어져, 결국 버려지고
죽어가는 반려견만 늘어나게 돼. 많은 인간이 그런 사실을 인지하지
못한 채 악순환이 반복되고 있어. 세상에 나쁜 개는 없어.
나쁜 개를 만드는 인간이 있을 뿐.
나의 이 노트가 인간이 좀 더 우리를 이해하고
우리에 대한 잘못된 생각을 아주 조금이라도 바꾸는 데
도움이 된다면 얼마나 좋을까?

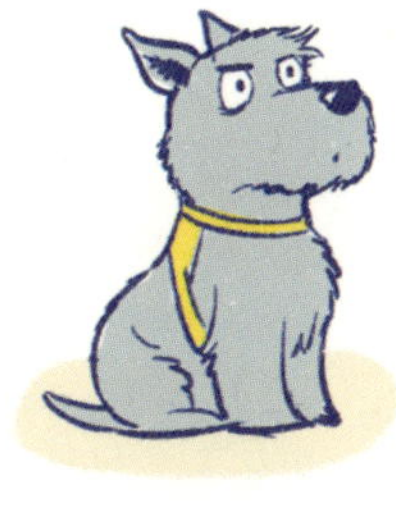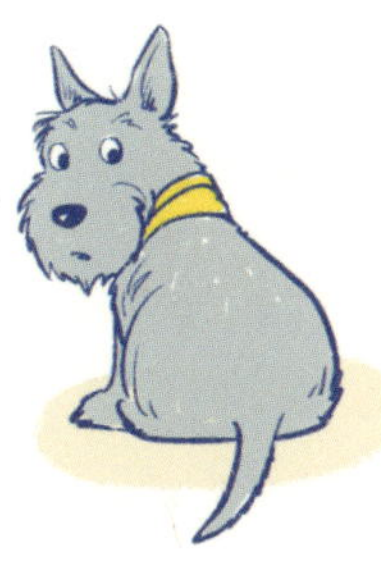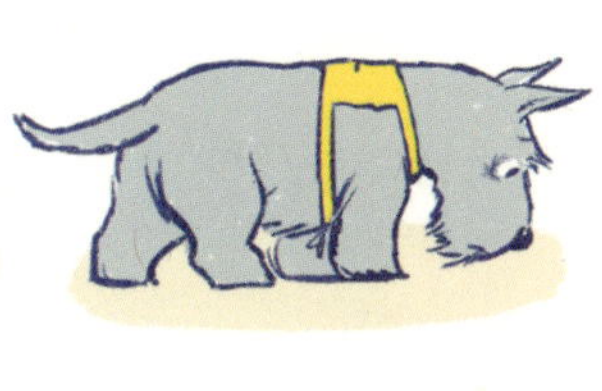

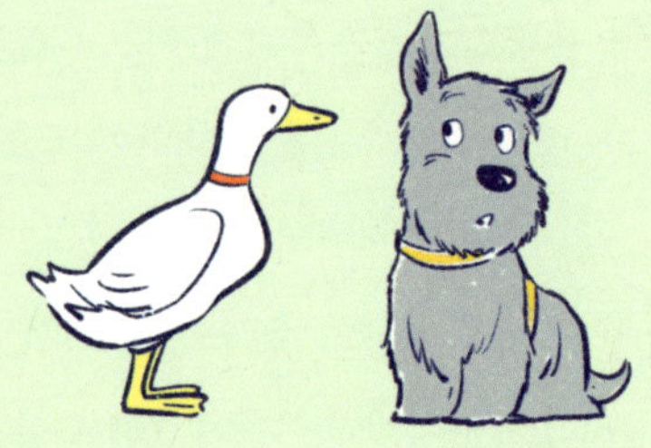

내 비밀 노트가 궁금하다고?
그럼 따라와!

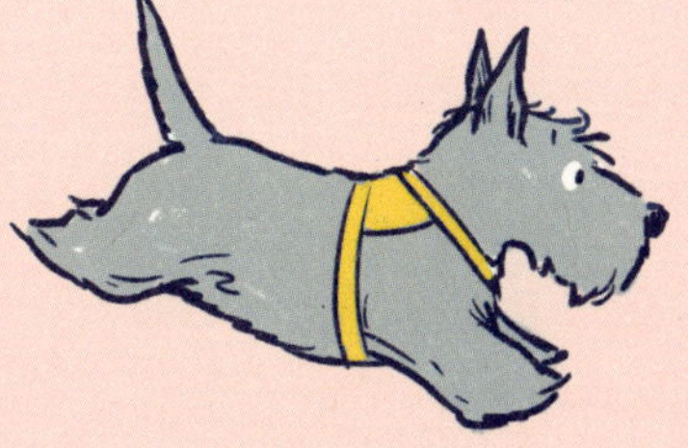

세계 강아지의 날

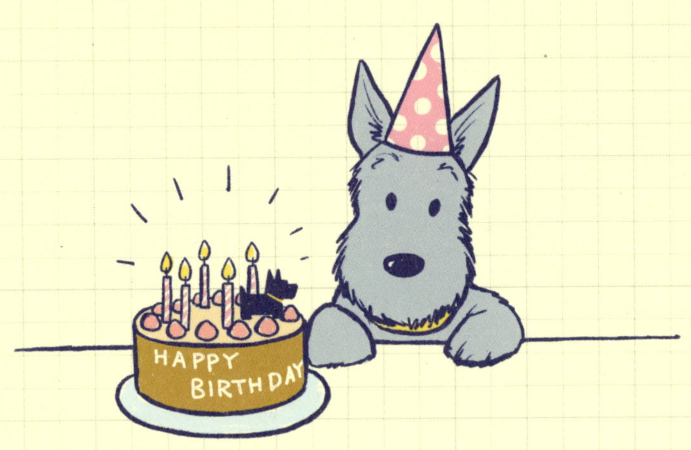

3월 23일은 세계 강아지의 날! 우리의 날이다.

누가 정했는지, 왜 하필 오늘인지 알 수 없지만 우리를 기념하는 날이

있다는 게 신기할 뿐이다. 그런데 왜 개의 날이 아니라 '강아지의

날'일까? 영어로는 'National Puppy Day'. 엄밀히 따지면

어린 개의 날이다. 우리나라뿐 아니라 전 세계의 인간이 '개'라는

말을 사용하기가 불편했나 보다.

나는 내 생일이 정확하게 언제인지 모른다. 3월생인 것은 분명해서

하비는 이날을 내 생일로 정하고는, 생일 선물로 특별한 간식을 만들어

주고 기념사진을 찍는다. 대부분의 인간은 세계 강아지의 날이 있다는

것조차 모르겠지만, 3월 23일 이날 하루만이라도 인간의 탐욕 때문에

고통받는 개가 없기를 바란다.

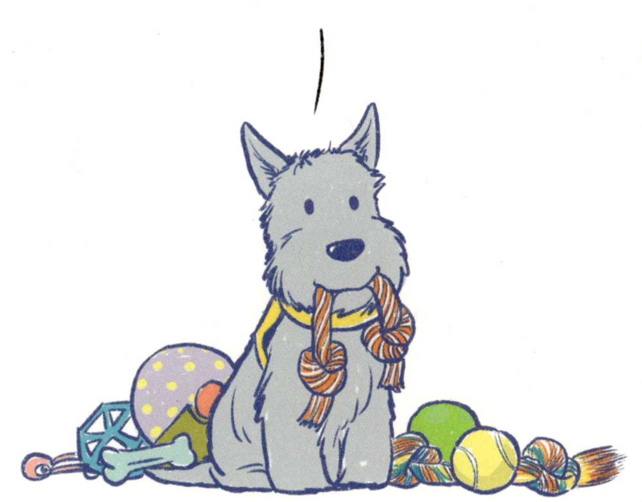

도와주세요!
우리의 짧은 평생 동안
우리가 좋아하는 것만 하고
살 수 있도록….

내 이름은 똥꼬

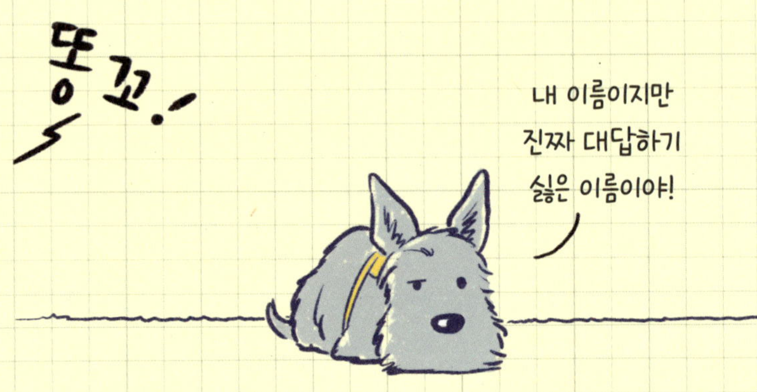

나의 원래 이름은 똥고집이었다. 세 글자 이름이 부르기 불편해서인지 뒤에 붙은 '집' 자를 떼고 소리 나는 대로 '똥꼬'가 되었다.

언젠가 내가 피부염에 걸려 고생하고 있을 때였다. 대학에서 강의를 하고 있던 하비가 걱정이 되었는지 쉬는 시간에 집으로 전화를 했다.

"여보, 똥꼬는 좀 어때?" 옆에 있던 학생들이 깜짝 놀라 귀를 기울였다.

"노란 연고를 꼼꼼하게 바르고 선풍기를 틀어 주면 좀 나을 거야." 하비의 전화 내용은 삽시간에 교실 전체에 퍼졌고, 이어지는 강의 내내 학생들은 사모님의 노란 연고와 선풍기를 상상하며 여기저기서 키득거렸다.

뒤늦게 사실을 알게 된 하비가 학생들에게 해명했지만 '사모님 똥꼬 사건'은 이미 소문이 날 대로 난 뒤였다. 이외에도 잊지 못할 몇몇 지저분한 에피소드의 모든 발단은 하비의 사려 깊지 못한 행동 때문이다.

반려견의 이름을 지은 보호자는 그 이름에 대한 책임도 져야 한다!

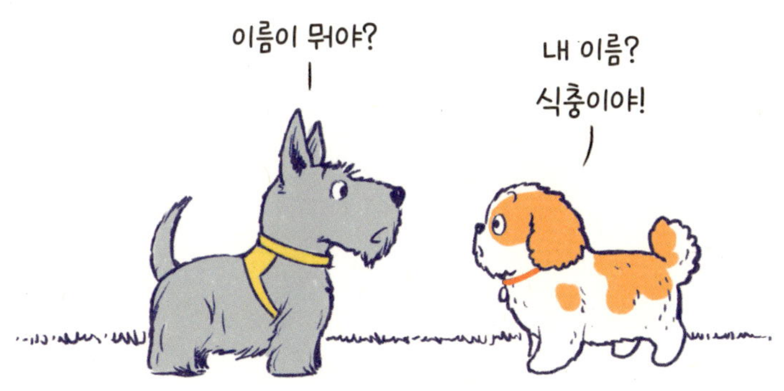
이름이 뭐야?
내 이름?
식충이야!

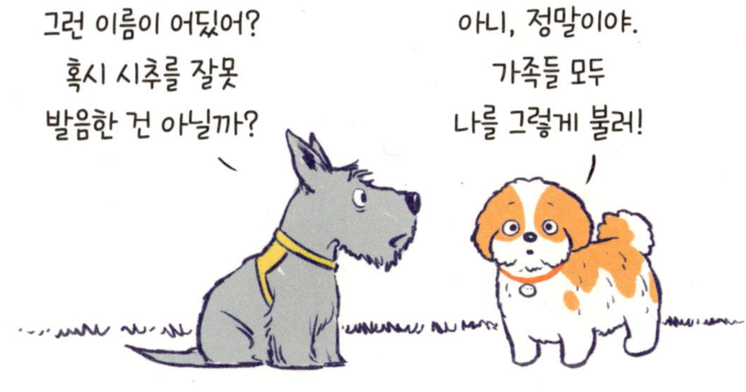
그런 이름이 어딨어?
혹시 시추를 잘못
발음한 건 아닐까?
아니, 정말이야.
가족들 모두
나를 그렇게 불러!

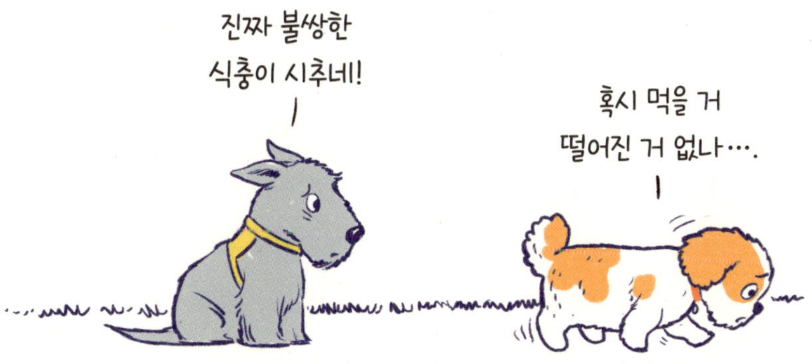
진짜 불쌍한
식충이 시추네!
혹시 먹을 거
떨어진 거 없나….

소심한 편!

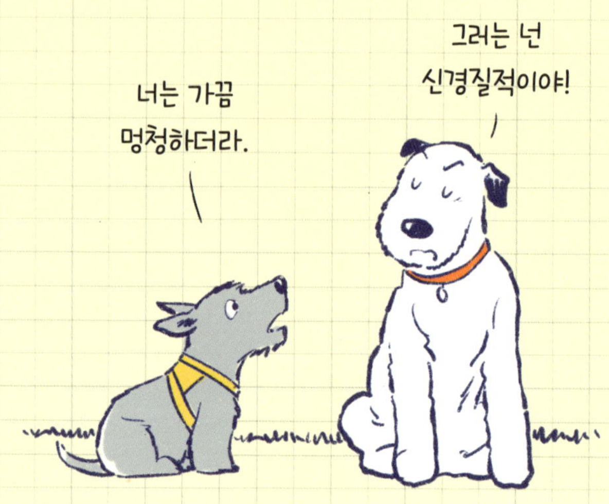

망치는 내가 소심하고 까칠하다 한다. 나는 망치가 덜렁대고 나대는 게 싫다. 나는 하비한테 야단을 맞으면 후유증이 꽤 오래가는 편인데, 망치는 몇 분 후면 까맣게 잊는다. 가끔은 그런 망치가 부러워서 질투가 나고, 나는 왜 망치처럼 대범하지 못할까 하는 자괴감에 빠질 때도 있다. 그런데 얼마 전 공원에서 다른 친구들을 관찰하다 새로운 사실을 깨달았다. 우리는 둘 다 소심한 편인데, 나보다 좀 덜 소심한 망치를 상대적으로 '대범한 성격'이라 착각하고 있었다는 걸. 단순 비교의 오류였다. 나는 망치와 비교해 소심한 편이고, 망치는 나와 비교해 대범한 거다. 경우에 따라서는 내가 대범하게 굴 때도 있고, 망치가 예민하게 반응할 수도 있는 거다.

그러고 보면 남과 비교해 내가 어떻다고 실망할 필요가 없는 거 같다.

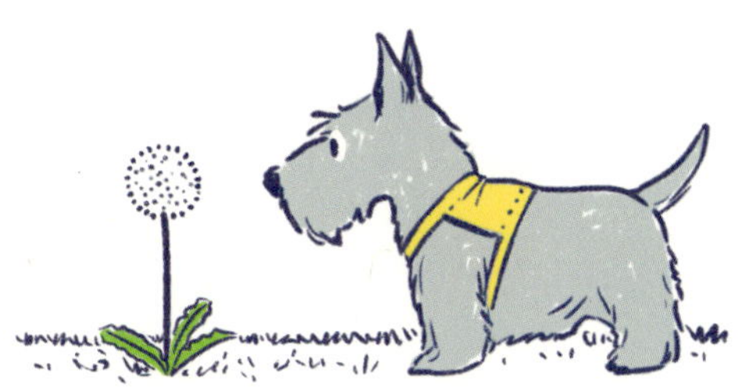

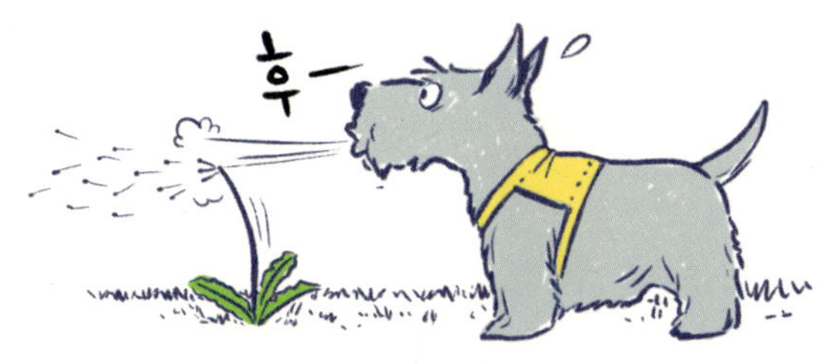
후—

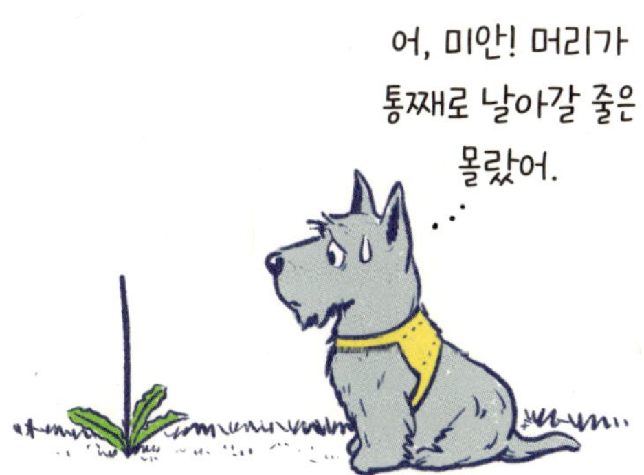
어, 미안! 머리가
통째로 날아갈 줄은
몰랐어.

불필요한 인사

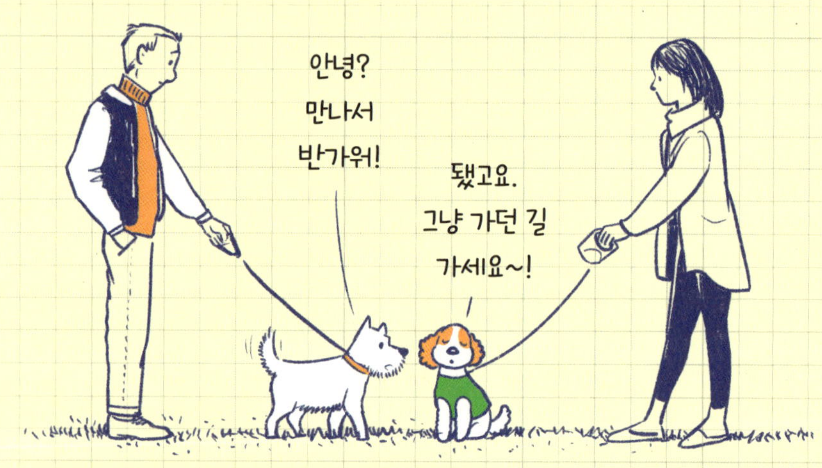

인간은 참 이해하기 힘든 동물이다. 산책하다가 마주쳤을 때
꼭 우리들도 서로 인사를 시킨다. '안녕하세요! 만나서 반가워요',
'처음 뵙겠습니다'하는 인사치레는 자기들끼리 하면 될 텐데.
왜 피차 별 관심도 없는 우리에게도 인간처럼 인사하기를 강요하는지….
어쩌다 맘에 드는 친구를 만나는 경우도 있지만, 흥미가 안 가는
대상인데 굳이 형식적인 인사를 하라고 하면 짜증이 밀려온다.
우리 인사는 우리끼리 알아서 할게요~!

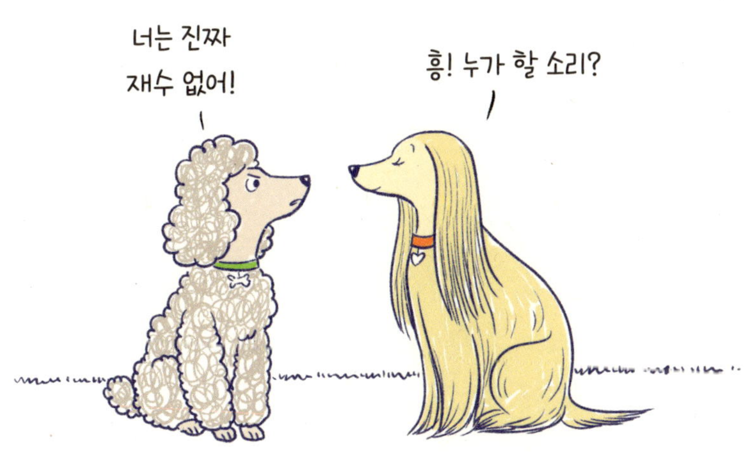

너는 진짜
재수 없어!
흥! 누가 할 소리?

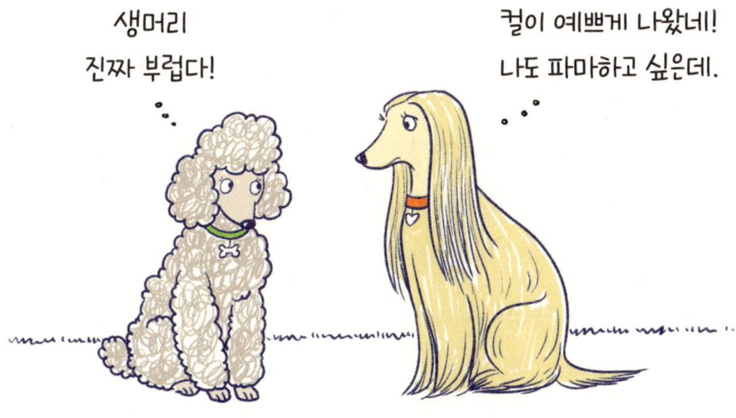

생머리
진짜 부럽다!
컬이 예쁘게 나왔네!
나도 파마하고 싶은데.

14살 뽀미의 초능력

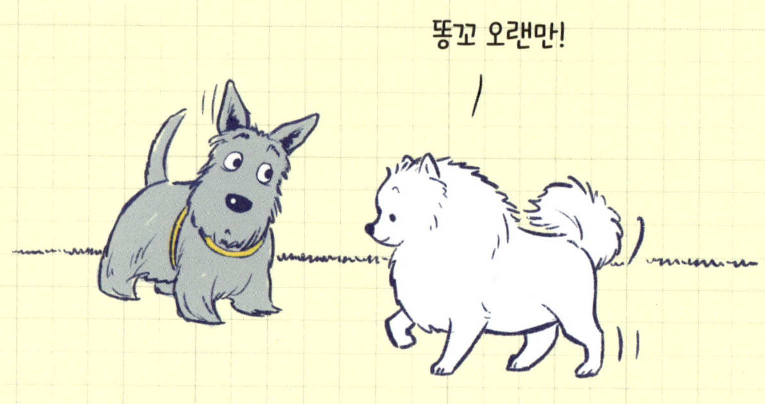

14살 뽀미는 백내장을 앓아 시력을 잃었다. 오늘 만난 뽀미는 개모차에서 내려 산책을 즐기고 있었다. 신기하게도 보이지 않는 눈으로 앞에 있는 장애물들을 요리조리 피해 걷고 있었다. 우리는 모두 뛰어난 후각을 갖고 있긴 하지만 뽀미는 더 특별한 후각으로 눈을 대신하여 앞을 보고 있는 것이다. 이건 마치 초음파를 이용해 하늘을 나는 박쥐와 비견할 만한 능력이다. 나도 뽀미 흉내를 내 보려 했지만 머리를 부딪히기만 할 뿐이었다. 뽀미 말에 의하면 냄새로 반려인이 기분이 좋은지, 스트레스를 받거나 우울한지도 알 수 있다고 한다.

뽀미는 어려서부터 슬개골 탈구로 두 차례나 수술을 받았고, 유난히 몸이 약해 병치레도 잦았다. 어쩌면 뽀미의 초능력은 자신의 약한 몸을 보호하기 위해 스스로 키워 낸 능력이 아닐까.

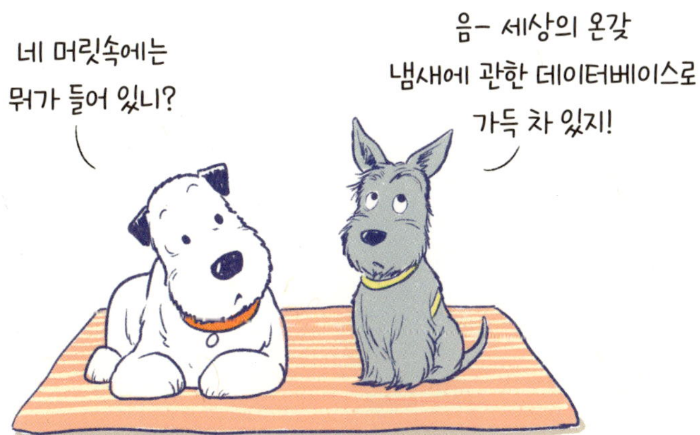
네 머릿속에는
뭐가 들어 있니?

음— 세상의 온갖
냄새에 관한 데이터베이스로
가득 차 있지!

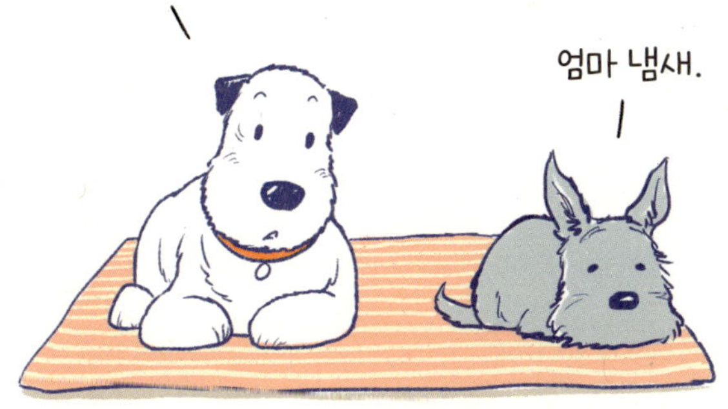
그 많은 데이터 중에서
가장 중요한 냄새는 뭐야?

엄마 냄새.

신출귀몰 길동이

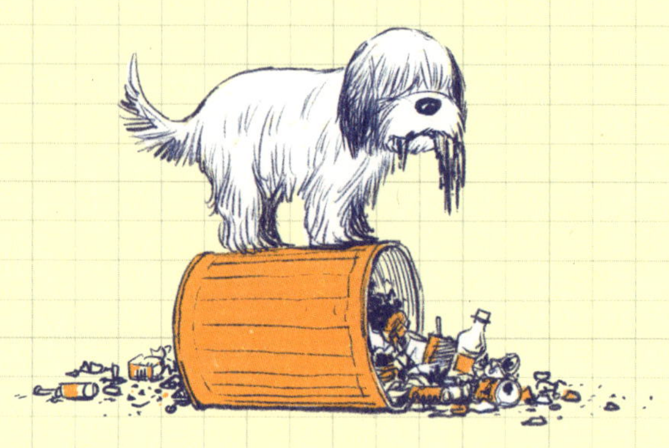

절대 사람 손에 잡히지 않는 신출귀몰한 이 친구를 동네 사람들은

홍길동이라고 부른다. 길동이는 원래 이 동네에서 태어났다. 몇 해 전

길동이네 가족이 다 함께 다른 곳으로 이사를 갔는데, 버려진 것인지

다른 무슨 이유 때문인지 이 친구만 혼자 원래 살던 집을 찾아 돌아왔다.

뒷산 중턱에 은신처를 두고 해가 뜨면 동네로 내려와 예전에 살던

집 근처를 배회하곤 한다. 쓰레기 더미에서 귀신같이 먹을 걸

찾아내고, 길냥이들을 위해 놓아둔 사료도 먹어 치운다. 비록 스스로

택한 길은 아니지만 반려견의 멍에를 벗어던진 길동이는 인간들의

따뜻한 온정의 손길 따위는 전혀 필요치 않은 것처럼 보인다.

길동이는 인간들의 걱정과는 다르게 행복하게 나름의 생활 루틴 속에

자유롭고 평화로운 삶을 이어 가고 있다. 왠지 나는 이 친구를 한껏

응원하고 싶다. 길동아! 잡히지 말고 지금 이대로, 화이팅!

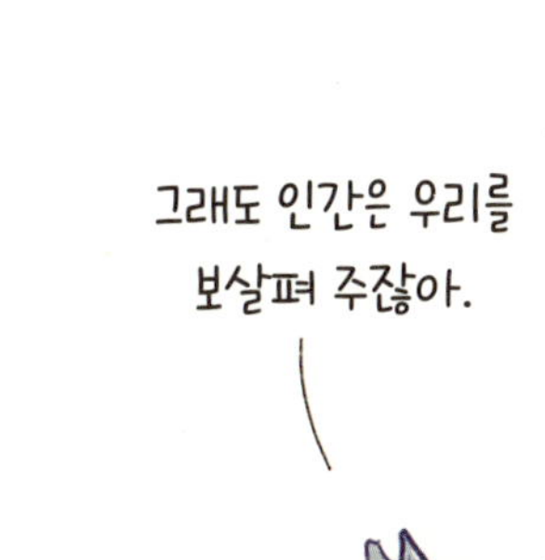

그래도 인간은 우리를
보살펴 주잖아.

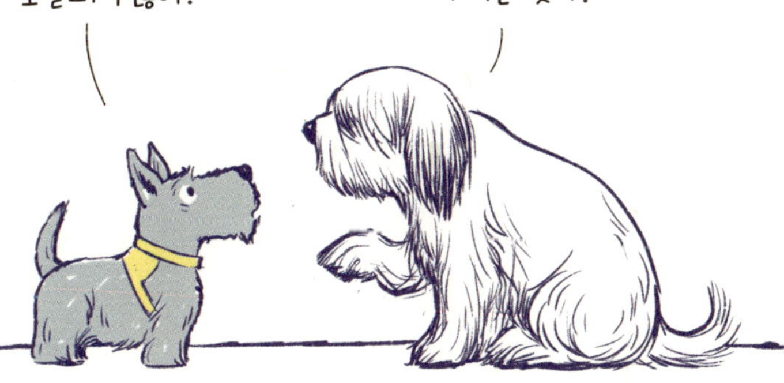

자기들 방식으로 보살피는 게 문제야!
우리를 성숙하게 도와주는 게 아니라
계속 어린 강아지로 머물게 만들거든.
너 어른 맞지?

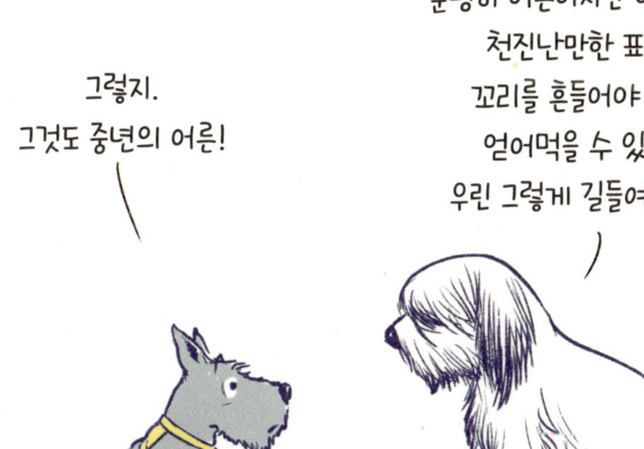

그렇지.
그것도 중년의 어른!
분명히 어른이지만 어린애처럼
천진난만한 표정으로
꼬리를 흔들어야 간식을
얻어먹을 수 있잖아.
우린 그렇게 길들여진 거야!

목줄의 의미

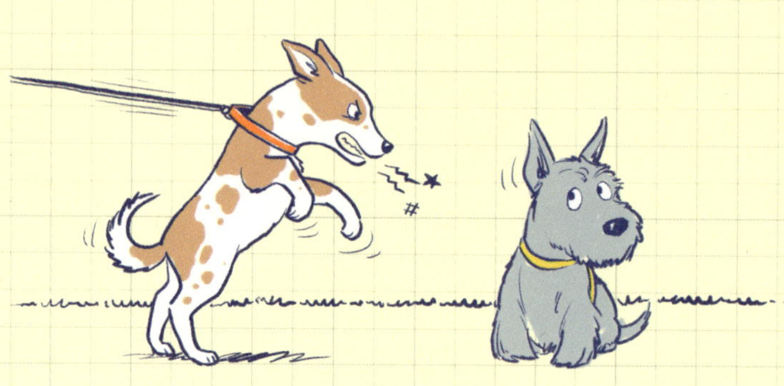

우리에게 목줄은 여러 가지 의미가 있다. 가장 중요한 의미는 나와
반려인 사이의 유대감이다. 반려인은 내가 보호해야 할 대상이기도 하고,
동시에 내가 믿고 의지할 수 있는 버팀목이기도 하다. 그런 관념이 반려인
손에 쥐어진 목줄에 담겨 있는 건 아닐까? 목줄이 느슨해지면
그런 생각도 느슨해지고, 짧고 팽팽해지면 그런 의미가 더 강해진다.
그래서일까? 목줄이 풀어지면 연결 고리가 사라진 듯한 느낌이 들고
몸은 자유롭지만, 어쩐지 마음이 불안하기도 하다.

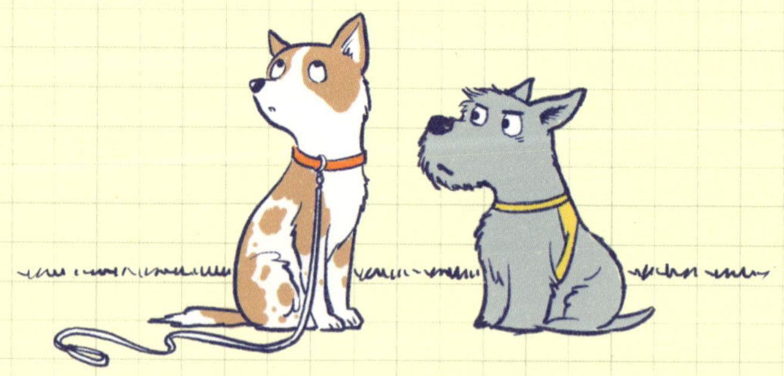

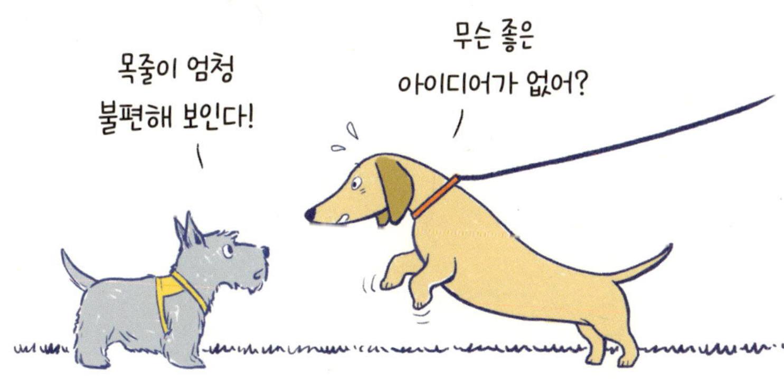

목줄이 엄청
불편해 보인다!
무슨 좋은
아이디어가 없어?

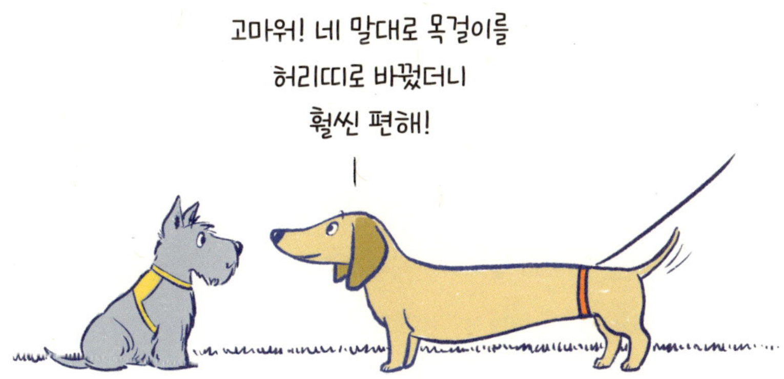

고마워! 네 말대로 목걸이를
허리띠로 바꿨더니
훨씬 편해!

신중한 선택

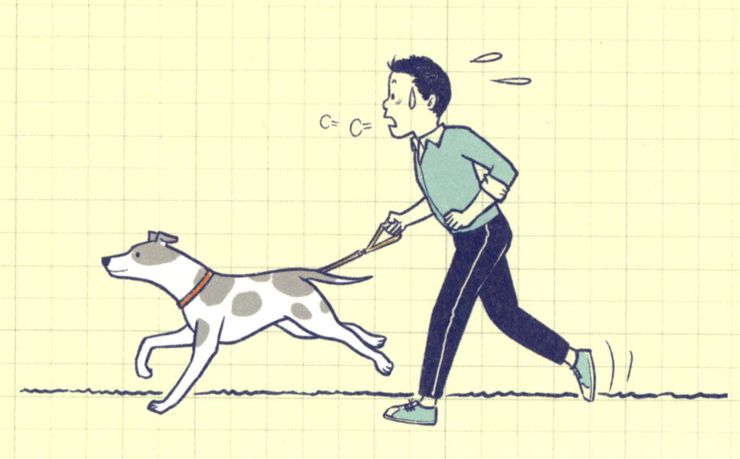

한 인간이 반려인이 되고자 한다면 자신이 어떤 견종을 선택하느냐에

따라 삶의 방식이 바뀔 수도 있다는 점을 알았으면 좋겠다.

첫눈에 반해서, 혹은 평소에 좋아하던 스타일이라서 별 생각 없이

결정했다가는 서로의 삶이 비극적으로 바뀔 수도 있으니까.

예를 들어 지칠 때까지 달리기를 해야 스트레스가 해소되는 견종의

반려인은 개 키우기가 때로는 고강도의 운동이 될 수도 있다는 현실을

감수해야 한다. 반려동물 매장에서 그냥 예쁜 개를 골라 입양하는 것은

인간이 충동적인 사랑으로 결혼하는 것과 비슷하다. 달콤했던 시간은

금새 사라지고 현실과 마주하면 결국 그 헤어짐의 과정은 몹시

괴로울테니까. 자신과 반려견 모두를 위해서라도 선택은 신중하게!

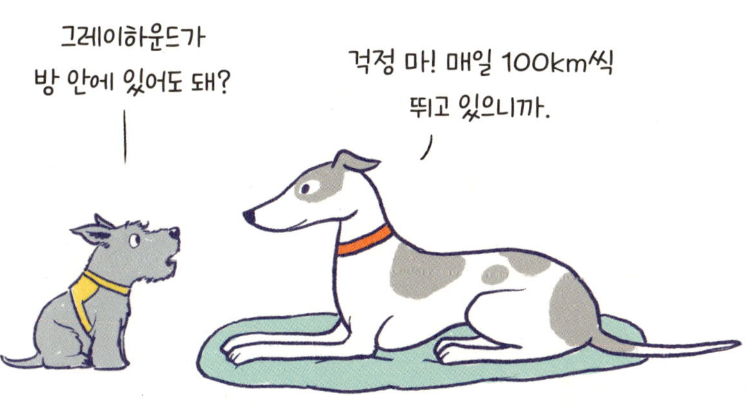

그레이하운드가
방 안에 있어도 돼?
걱정 마! 매일 100km씩
뛰고 있으니까.

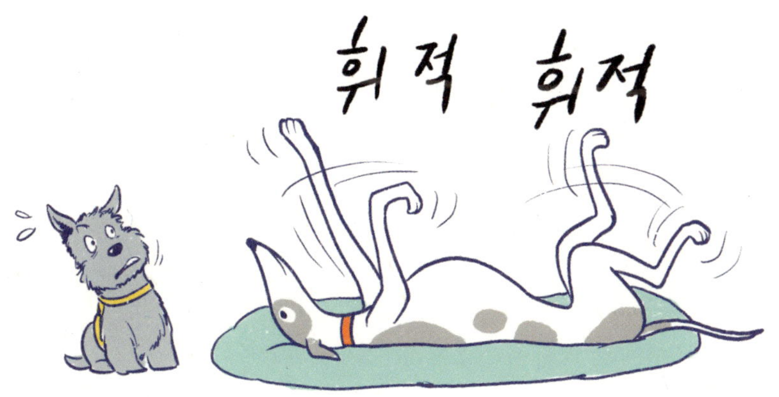

휘적 휘적

지극히 개인적인 행복

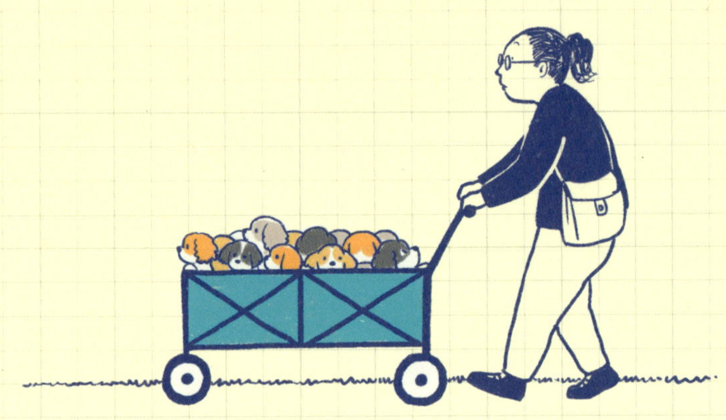

가끔 개모차 가득 시추를 싣고 산책을 나오는 아주머니가 있다.

그 아주머니의 집에는 모두 29마리의 시추가 살고 있고 그중 일곱은

노환이나 여러 가지 질병으로 걷지도 못하는 상태라고 한다.

이 반려인은 놀랍게도 그 많은 친구를 보살피면서 반드시 감수해야 할

고된 노동의 흔적 대신 언제나 행복한 표정을 하고 있다.

이 모습은 나의 모든 경험을 동원해도 해석이 되지 않는다. 인간이 저

정도로 이타적일 수 있는 걸까? 다른 존재를 위해 희생하면서 어떻게

행복을 느낄 수 있는 걸까? 이 세상에는 참 다양한 인간들이 살고

있다는 것을 새삼 깨달을 뿐이다.

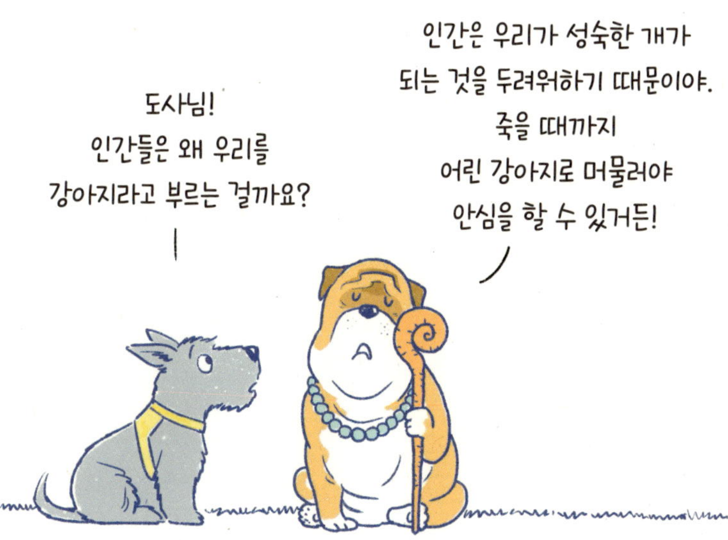

도사님!
인간들은 왜 우리를
강아지라고 부르는 걸까요?

인간은 우리가 성숙한 개가
되는 것을 두려워하기 때문이야.
죽을 때까지
어린 강아지로 머물러야
안심을 할 수 있거든!

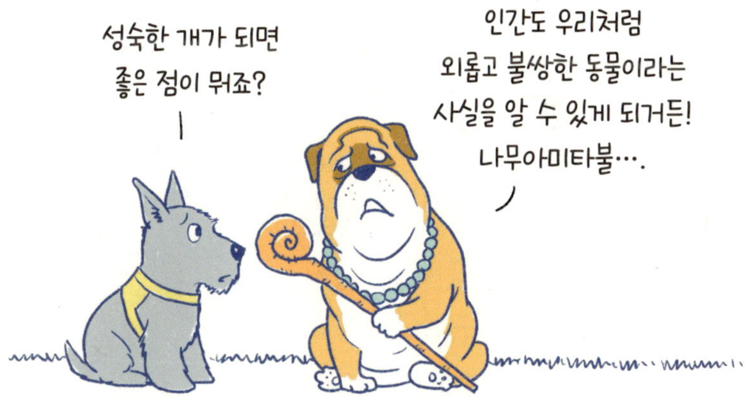

성숙한 개가 되면
좋은 점이 뭐죠?

인간도 우리처럼
외롭고 불쌍한 동물이라는
사실을 알 수 있게 되거든!
나무아미타불….

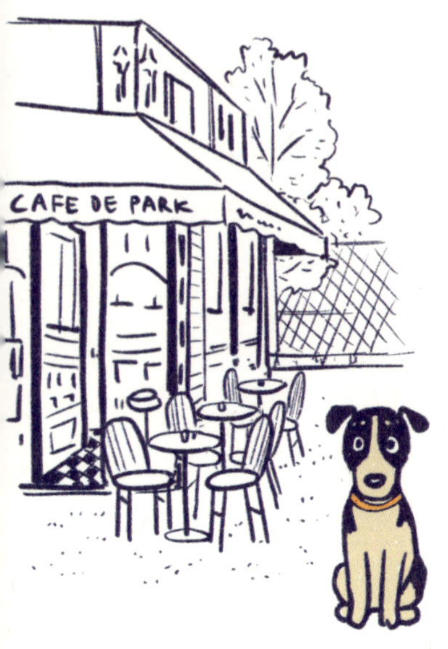

카페 마스코트견
쿠키

공원 카페에는 10년 차 마스코트견 쿠키가 있다. 그 친구가 굳이 카페에 나와 있는 이유는 단 한가지. 보통의 반려견들이 꿈도 못 꾸는 최고의 간식을 수시로 얻어먹을 수 있기 때문이다.

그 친구는 나에게 간식을 성공적으로 얻어먹는 그의 노하우를 알려 주었다. 오랜 시간 시행착오를 거쳐 완성한 퍼포먼스는 놀라운 예술의 경지를 보여 준다. 먼저 손님이 주문을 하면 그 손님의 시선을 끌 수 있는 위치에 자리를 잡고 앉는다. 음식이 나오기 전에 최대한 매력을 어필해서 손님이 마음의 준비를 하도록 사전 작업을 한다. 음식이 나오면 더욱 가깝게 접근해서 표정 연기를 시작한다. '장화 신은 고양이'를 연상케 하는 애처로운 눈망울로 손님과 시선을 맞추는 것만으로도 반은 성공이다.

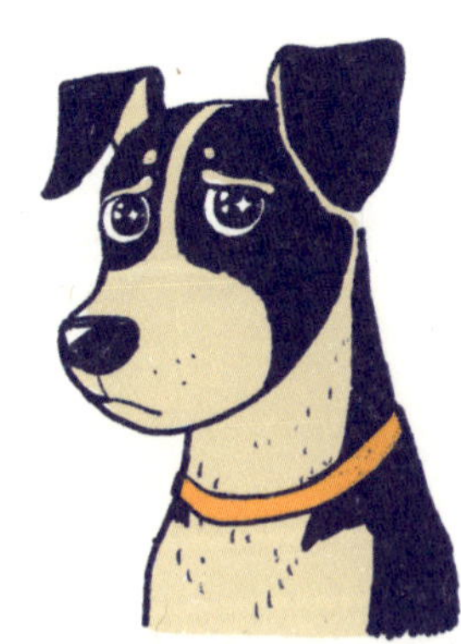

이어지는 필살기는 바로 그렁그렁한 눈망울을
유지한 채 고개를 살짝 틀어서 보여 주는 이른바
'심쿵 퍼포먼스'다. 이 동작을 2-3회, 좌우로
반복하며 눈망울을 동시에 깜빡거리면 웬만한
인간들은 옥시토신을 터트리며 바로 넘어온다.
그리고 자기 음식을 아낌없이 내어 준다.

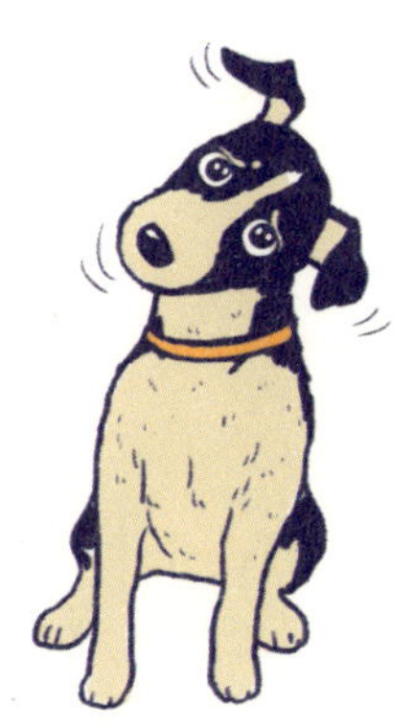

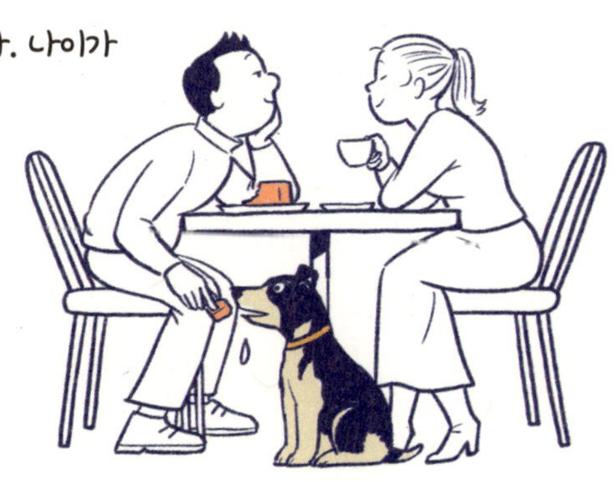

그래도 안 넘어오는 소수의 인간들에게는 보다
적극적인 스킨십이 들어간다. 고양이처럼 슬쩍
다리를 스치거나 손가락을 핥아 가엾은 존재감을
호소한다. 자칫하면 이때 역풍을 맞을 수도
있으므로 매우 조심하며 진행해야 한다.

데이트 커플 중에는 우선적으로 남자를 공략한다. 대부분 남자는
여자에게 자신이 동물에게 관대하다는 것을 보여 주고
싶어하는 경우가 많기 때문이다. 나이가
있어 보이는 부부의 경우에는
반대로 여자가 유리하다.
이 밖에도 더 많은 디테일이
있었다. 오늘 나는 진정한
프로의 세계가 어떤 것인지
경험할 수 있었다!

볼트와 너트

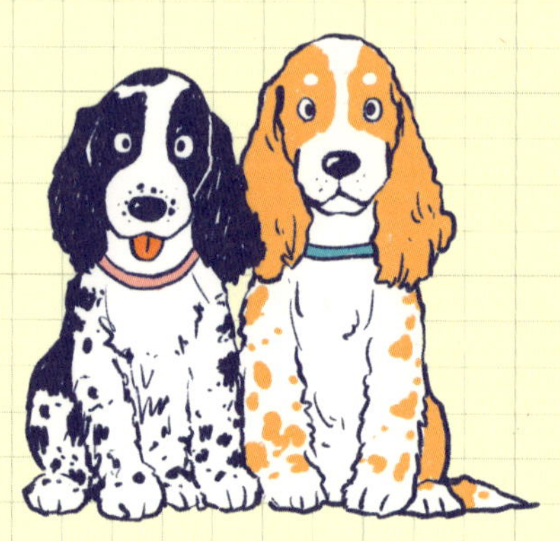

볼트와 너트 형제는 우리 공원에서 가장 인기가 많은 셀럽 친구들이다.
명랑하고 붙임성도 좋아서 개나 인간이나 모두가 좋아한다.
그런데 오늘 나는 이 녀석들하고 놀아 주다가 거의 초주검 상태가 되고
말았다. 그들은 쾌활하다 못해 넘치는 에너지를 스스로도 감당 못할
정도다. 반려인 할머니가 이 두 녀석을 끌고 어떻게 공원을 오가는지
궁금해서 따라가 보았다. 난리법석이 따로 없었다.
몸집이 중형견에 속하는 코커 스패니얼은 원래 들판을 뛰어다니며
사냥꾼을 도와 새를 쫓는 수렵견이다. 근육질의 몸에 식탐이 많고 넘치는
호기심과 에너지로 운동량이 상당하다. 한마디로 실내 반려견으로는
아주 부적합한 견종임에도 불구하고, '완벽하게 예쁜 강아지'의 모습을 한
어린 코커 스패니얼은 반려동물 매장에서 여전히 인기를 누린다. 역시나
아파트 같은 좁은 공간에서 반려인들은 이들과 전쟁을 치르며 살고 있다.

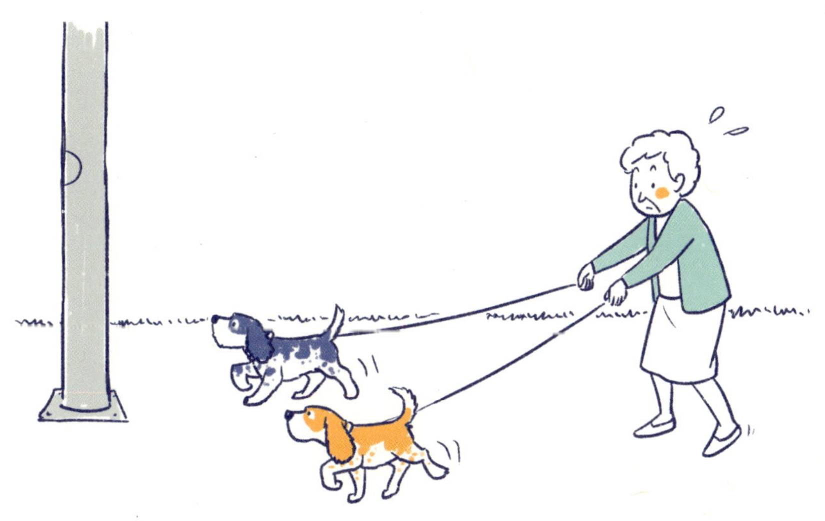

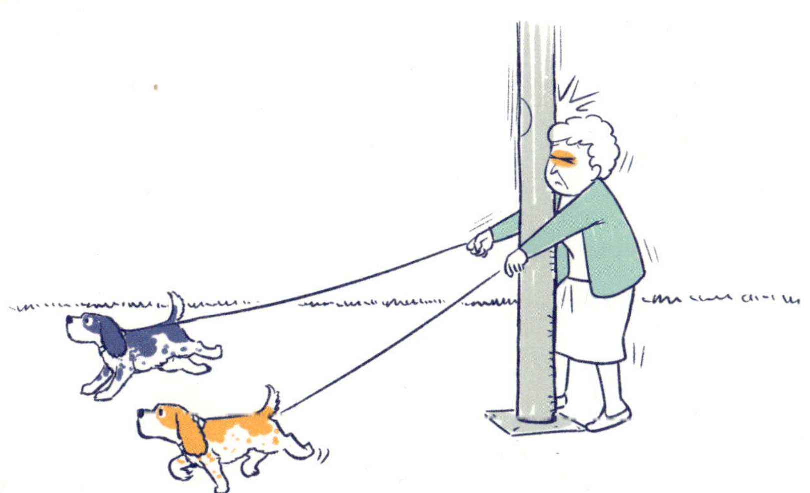

우리에게 산책이란?

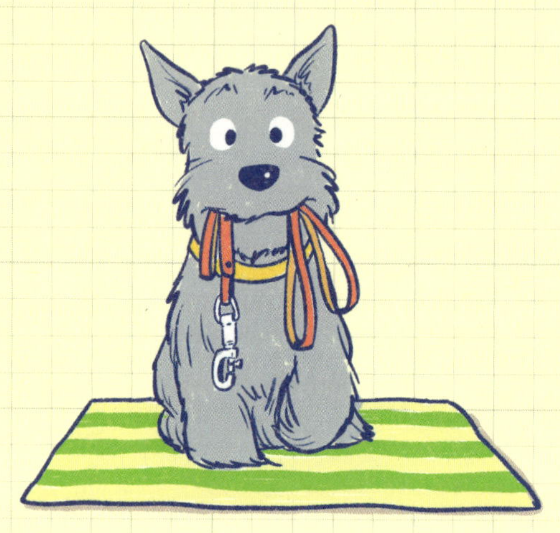

산책은 우리가 살아가는 데 가장 중요한 활동이다. 운동이나 스트레스 해소 등 여러 가지 목적 외에도 우리는 산책을 통해 성숙해질 수 있다. 어려서부터 산책이 일상화되지 않은 친구들은 몸은 성장하지만, 마음은 어린 강아지인 채로 남게 될 수 있다. 산책을 통해 이 세상에는 나 말고도 다른 많은 개가 있고, 내 가족 이외에도 수많은 인간이 살고 있으며, 나도 그중 하나의 존재라는 사실을 인지하면서 성숙한 개가 되어 간다. 방 안에서 밖으로 나와 다양한 환경에 적응하면 당연히 성격도 좋아지고 불안도 줄어든다. 개들이 매일 산책하게 해 달라!

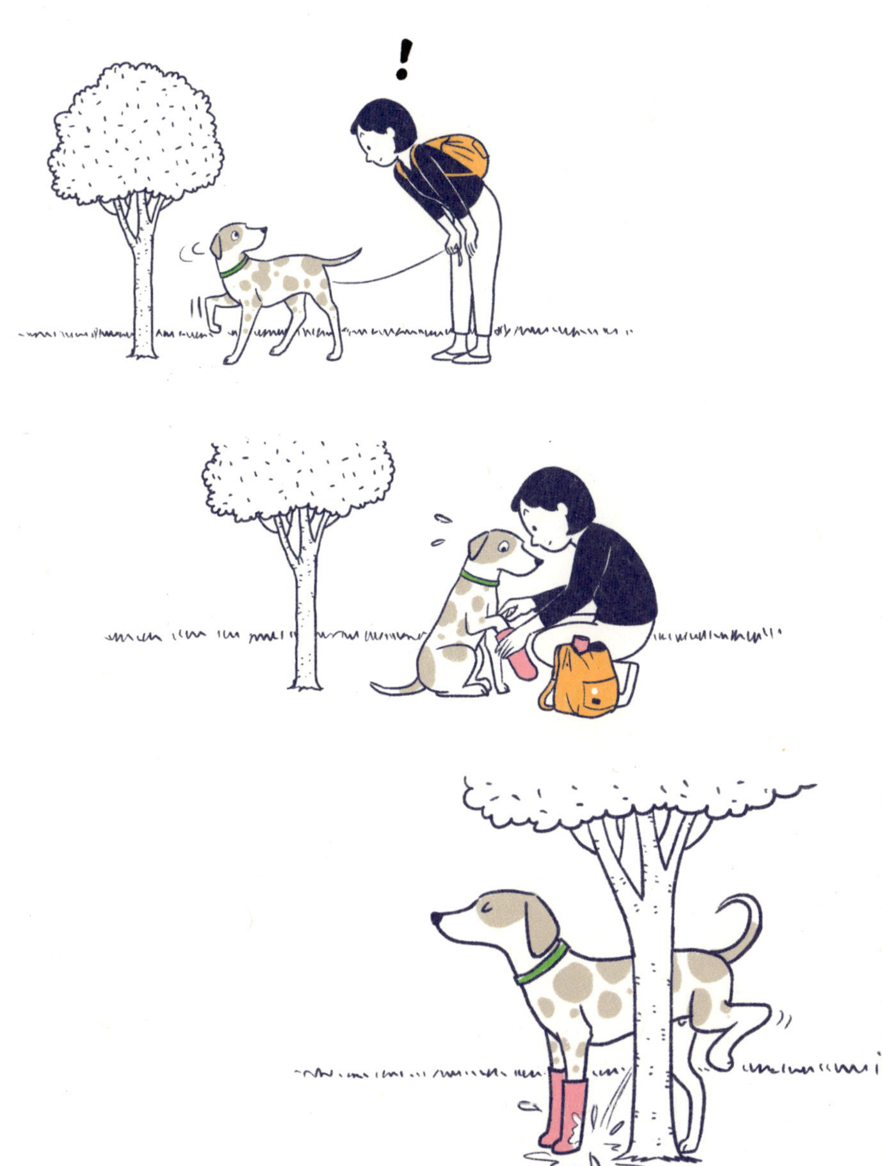

우리 사랑하게 해 주세요!

인간도 그렇듯 우리도 처음 만난 낯선 이성에게 욕망을 느낄 때가 있다.

다만 우리 욕망의 불씨는 오직 냄새라는 화학적 신호로 당겨진다.

귀찮고 지루한 밀당의 과정은 인간들에게나 필요할 뿐.

성숙한 여자 개가 '준비되었다'는 화학적 신호를 보내면, 즉각적이고도

효율적으로 사랑은 이루어진다. 상대와 다시 만날 가능성이 거의 제로에

가깝기도 하거니와 화학적 신호의 유효 기간도 매우 짧기 때문이다.

짧고 뜨겁게, 아무런 조건에도 구애받지 않고 그 순간에 몰입할 뿐.

끝나는 즉시 아무 미련 없이 헤어진다.

하지만 현실 세계에서는 녹록지 않다. 양쪽 반려인들이 결코 그들의

결합을 용납할 리가 없다. '우리 사랑하게 해 주세요!'라는

간절한 외침은 그들 귀에 들리지 않는다.

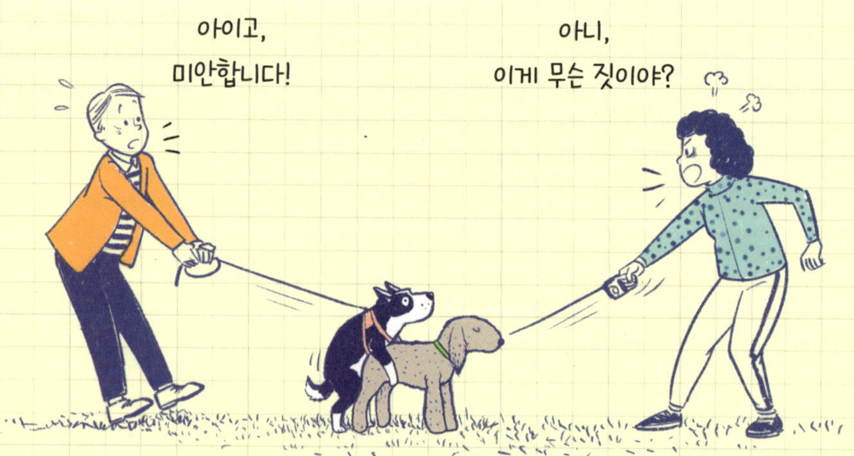

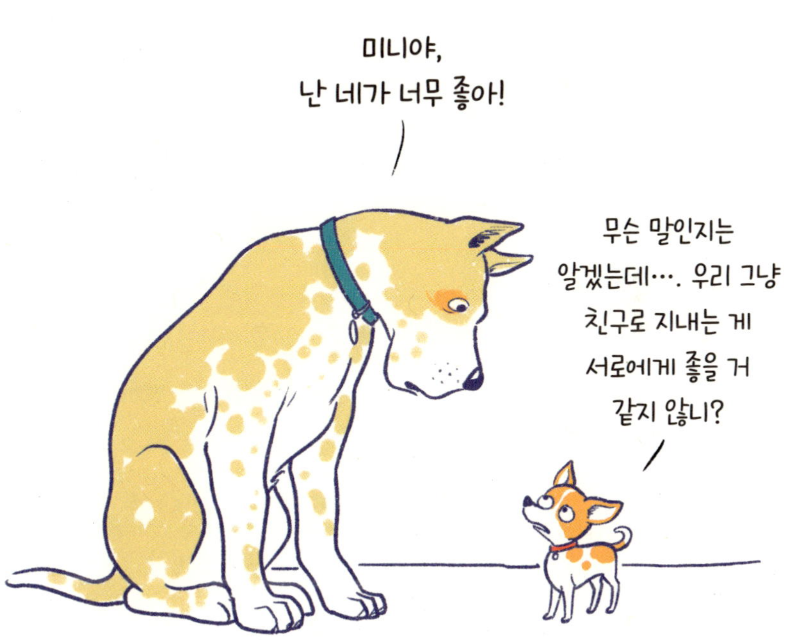
미니야,
난 네가 너무 좋아!

무슨 말인지는
알겠는데…. 우리 그냥
친구로 지내는 게
서로에게 좋을 거
같지 않니?

급발진 코니

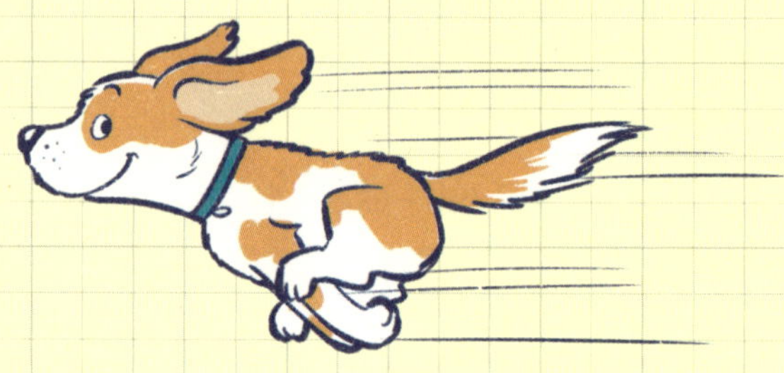

코니의 반려인이 공원 주차장에 주차를 하고 차 문을 여는 순간이었다.

갑자기 튀어 나간 코니가 이리저리 마구 달리기 시작했다. 반려인은

급하게 목줄을 챙기고 이름을 부르며 쫓아갔지만, 코니의 질주 본능은

계속되었고, 결국 코니는 지나가던 차에 치여 대퇴골이 부스러지는

중상을 입었다. 산책 경험이 부족하고 사려 깊지 못한 반려인과

어린 반려견이 빚은 아찔한 사고다.

코니는 차를 타고 오는 내내 달리며 놀 생각에 흥분해 있었고,

차 안에서 미리 목줄을 채우지 못한 반려인은 코니가 갑자기

튀어 나가자 놀라고 당황해 큰소리로 이름을 부르며 쫓아갔을 거다.

어린 코니는 반려인이 자신을 부르며 쫓아오는 것을 놀이로 착각해

더욱 신이 나서 전력 질주했던 거고.

그때 반려인이 큰소리로 부르며 뒤쫓아 뛰기보다 낮은 톤으로 천천히 부르며

다른 방향으로 걸어갔더라면. 아마도 코니는 순간 당황해

무작정 달리는 일에 흥미를 잃고, 반려인에게 순순히 돌아갔을 텐데.

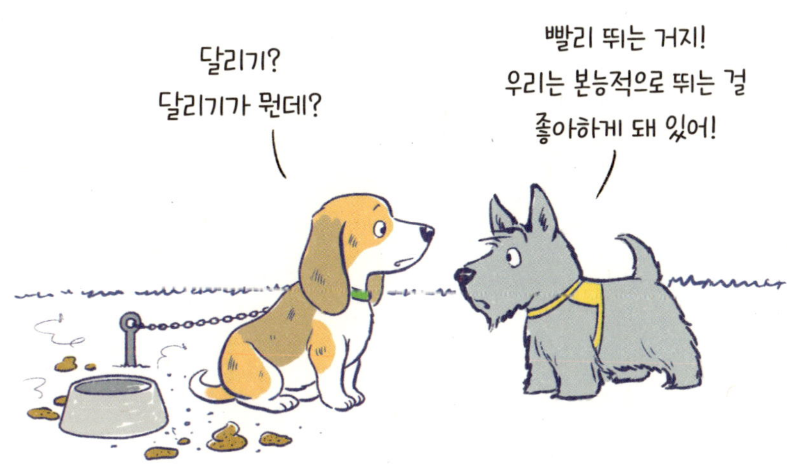

달리기?
달리기가 뭔데?
빨리 뛰는 거지!
우리는 본능적으로 뛰는 걸
좋아하게 돼 있어!

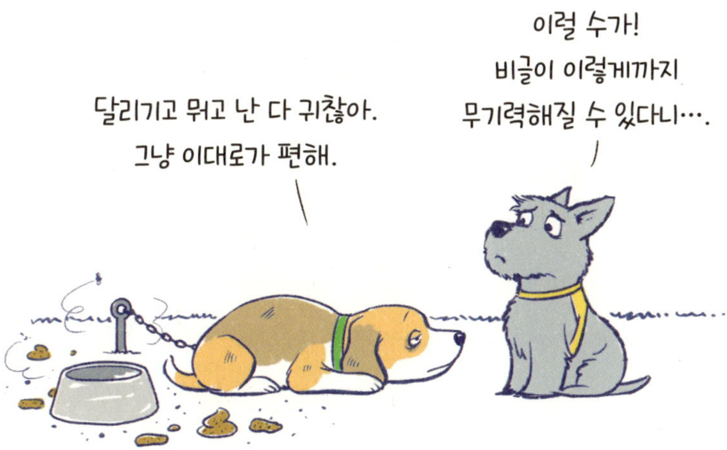

이럴 수가!
비글이 이렇게까지
무기력해질 수 있다니….
달리기고 뭐고 난 다 귀찮아.
그냥 이대로가 편해.

질투

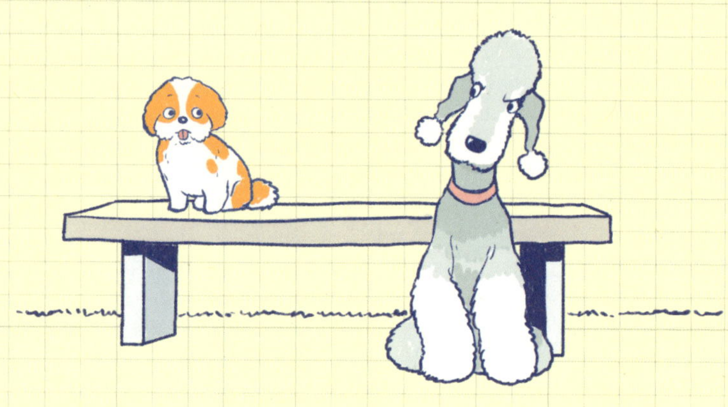

오늘 나오는 먼 친척 관계인 베들링턴 테리어 베티가 큰 사고를 쳤다. 베티와 시추 몽이의 두 반려인이 벤치에 앉아 이야기를 나누다 몽이의 반려인이 베티의 반려인에게 몽이를 맡기고 화장실에 갔다. 베티의 반려인이 몽이를 안고 쓰다듬어 주다가 저쪽 벤치에 올려 둔 가방을 가져오려고 몽이를 잠시 벤치 위에 내려놓고 일어났다. 그 순간, 베티가 몽이에게 덤벼들어 목을 물어 내동댕이쳤다. 느닷없는 테러를 당한 몽이는 재빨리 병원으로 옮겨져 다행히 목숨은 건질 수 있었다. 반려인에 대한 베티의 집착이 질투로 변해 억눌려 있던 공격성이 폭발한 것이다. 우리의 질투심은 인간의 질투심만큼 복잡하지는 않지만, 자신과 반려인 사이의 유대감이 훼손되는 것에 대한 불안이 원인이 아닐까 싶다. 개나 인간이나 갑자기 끓어오르는 분노는 대부분 질투에서 시작되나 보다. 내 친척이지만 가까이하고 싶지 않은 친구다.

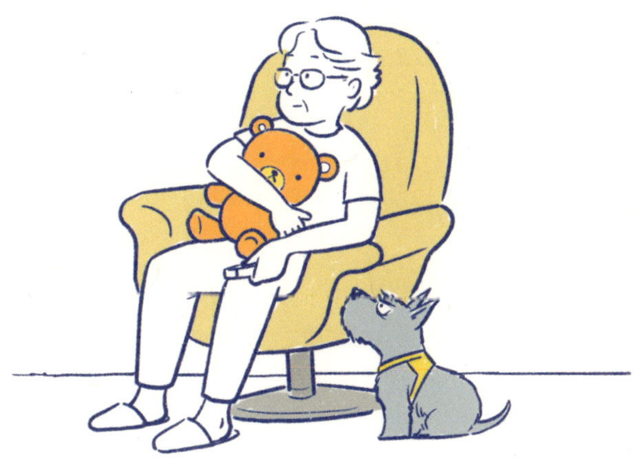

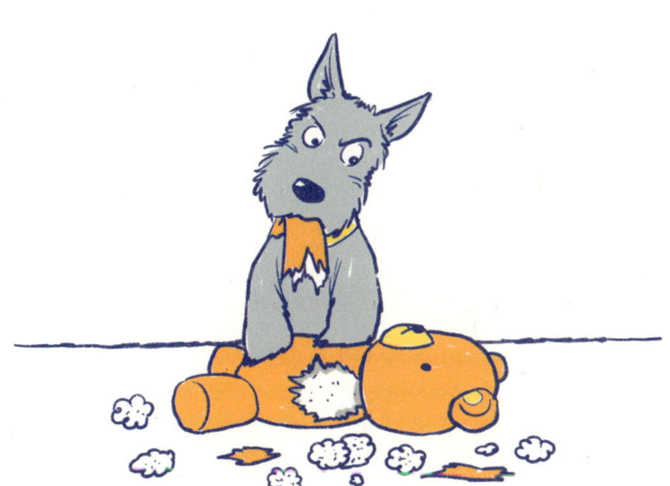

헌혈견 써니

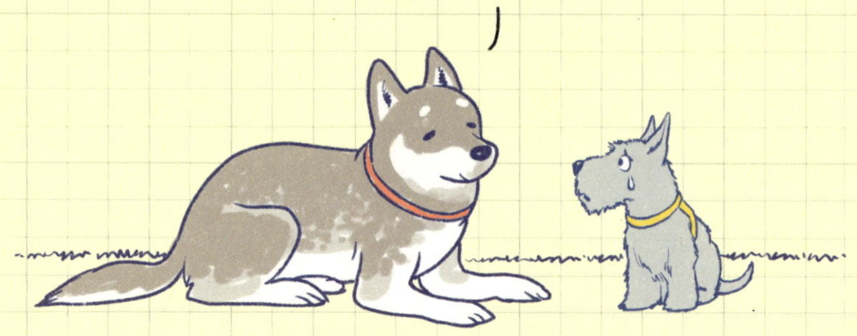

세상에서 가장 불쌍한 세 종류의 특수 목적견이 있다.

첫 번째가 입에 담기도 끔찍한 식육견이고, 두 번째는 의학 실험을 위한

실험견, 세 번째는 동물 병원에서 수술할 때 필요한 혈액을 채취하기

위해 사육되는 공혈견이다.

써니는 8년 동안 공혈견으로 있다가 운 좋게 반려인에게 입양되어

새로운 삶을 살고 있다. 그가 들려준 공혈견의 삶은 비참했다.

반려견의 수가 늘면서 수혈의 수요도 늘고 있다.

특히 몸집이 작은 친구들은 피를 조금만 흘려도 숨이 멎는다.

필요한 혈액을 충당하기 위해서는 공혈견의 희생이 필요하다. 하지만

우리도 인간처럼 헌혈을 할 수 있다면 공혈견의 수를 줄일 수 있지 않을까.

몸무게 25kg 이상의 건강한 친구들이 1년에 한 번 정도만이라도

헌혈에 동참할 수 있다면! 어떤 특수 목적견 부럽지 않은 자발적

헌혈견으로서 자부심을 느끼며 살아갈 텐데.

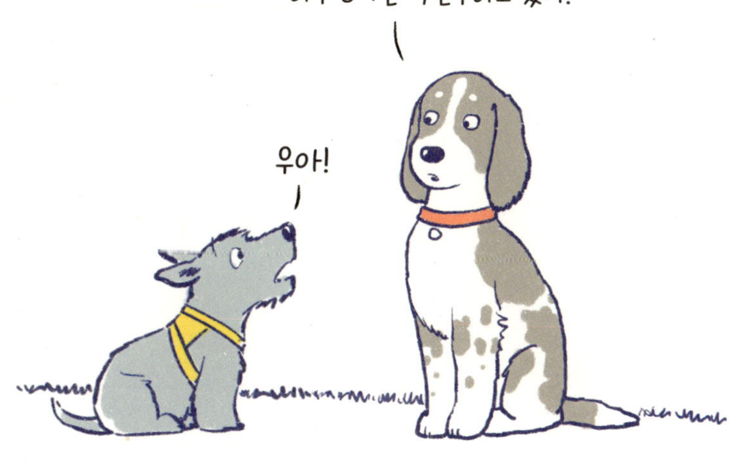

난 인천공항 소속 탐지견이야.
월요일부터 금요일까지 3교대로
하루 8시간씩 근무하고 있어!
우아!

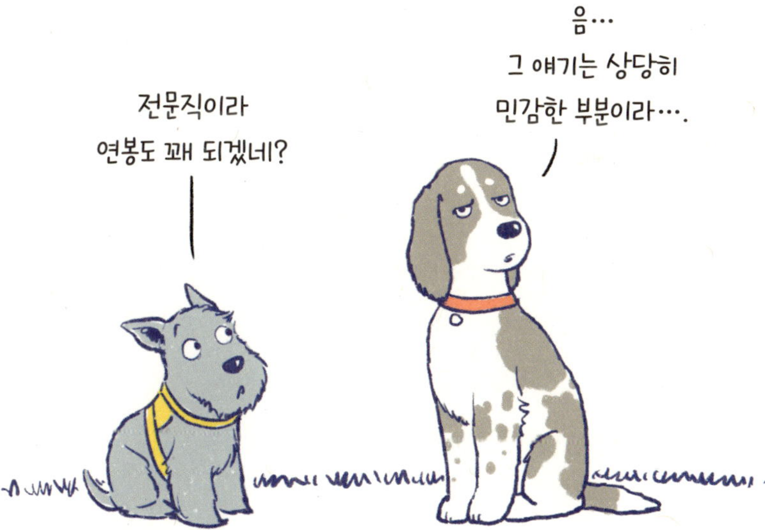

음…
그 얘기는 상당히
민감한 부분이라….
전문직이라
연봉도 꽤 되겠네?

알츠하이머 비단이

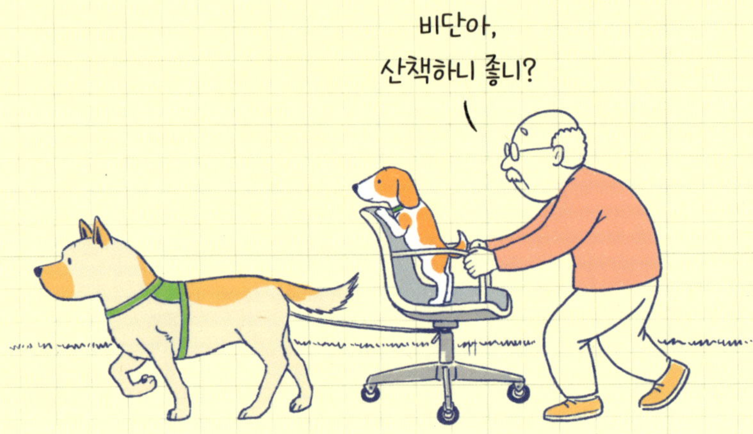

늘 반갑게 인사를 나누던 15살 비단이가

갑자기 나를 알아보지 못하고 외면을 한다. 말을 걸어 보지만

횡설수설 무슨 소리인지 알아들을 수가 없다. 비단이는 턱을 고고

엎드려 있기만 할 뿐 꼼짝도 하기 싫은 거 같다. 누워서 오줌을 지렸는지

아랫배와 다리에서 오줌 냄새가 심하게 난다.

초점 없는 멍한 표정으로 먼 산만 바라보는 비단이.

우리도 나이가 많아지면 알츠하이머에 걸릴 수 있다는 사실을

인정할 수밖에 없다. 나도 언젠가 그렇게 되겠지….

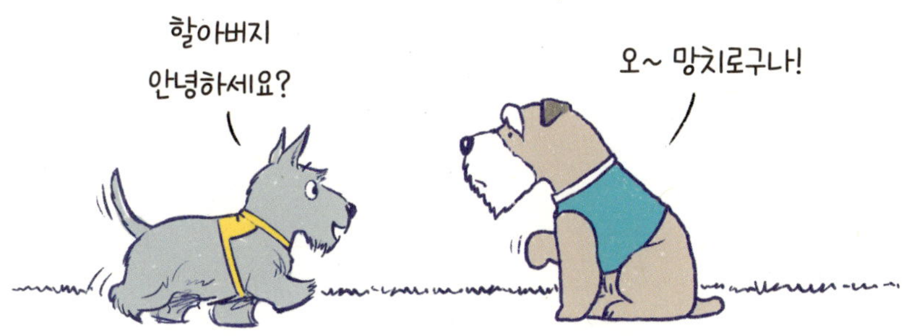
할아버지
안녕하세요?
오~ 망치로구나!

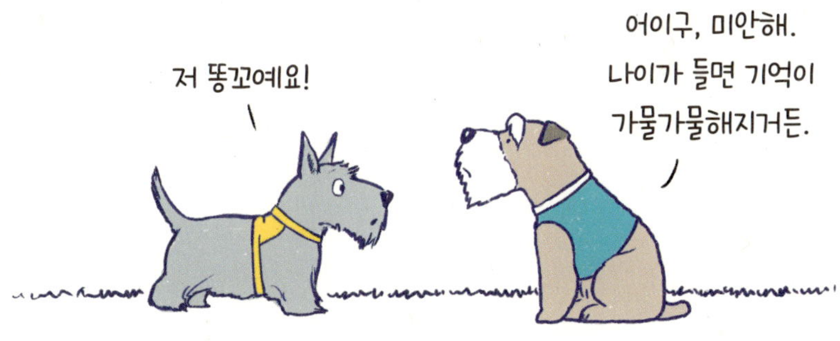
저 똥꼬예요!
어이구, 미안해.
나이가 들면 기억이
가물가물해지거든.

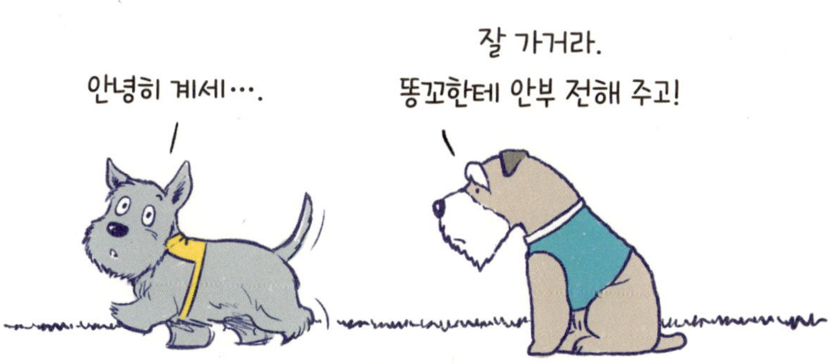
안녕히 계세….
잘 가거라.
똥꼬한테 안부 전해 주고!

신발 한 짝

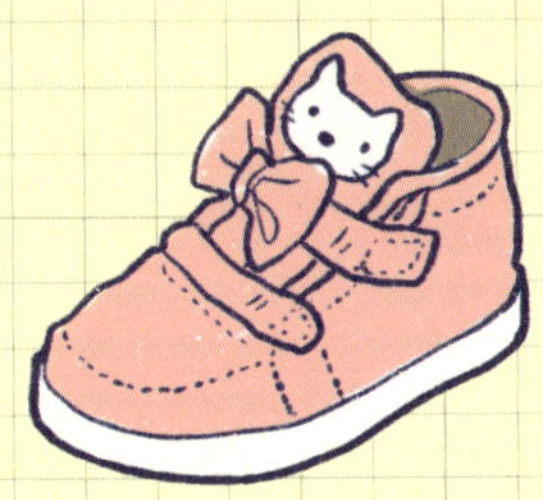

우리는 신발을 가볍게 보지 않는다. 신발은 단순한 물건을 넘어 많은 정보가 담겨 있는 신호이자 신발 주인의 정체성을 나타내는 표식이다. 공원 놀이터에 신발 한 짝이 덩그러니 놓여 있다. 크기나 모양으로 보아 신발의 주인은 유치원에 다니는 정도 나이의 여자아이가 분명하다. 그 아이는 왜 한 짝만 신고 갔을까? 궁금하다. 신발 냄새를 찬찬히 맡아 본다. 페인트와 피 냄새가 미세하게 나는 것으로 미루어 2-3일 정도가 지났다는 걸 짐작할 수 있다. 놀이터를 둘러보니 페인트를 새로 칠한 그네가 있다. 수집한 정보를 바탕으로 사건을 재구성해 본다. '신발의 주인인 아이는 그네를 타고 놀다 코피가 나는 사고가 났다. 놀라 달려온 엄마는 신발 한 짝이 벗겨진 줄도 모른 채 아이를 안고 병원으로 달려간다.' 매일 공원 매점을 지키고 있는 까미에게 며칠 전 놀이터 사건을 확인한다. 역시 정확하다!

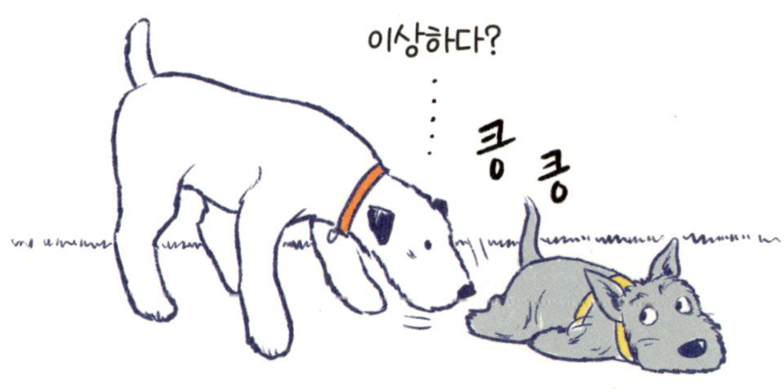

이상하다?
콩 콩

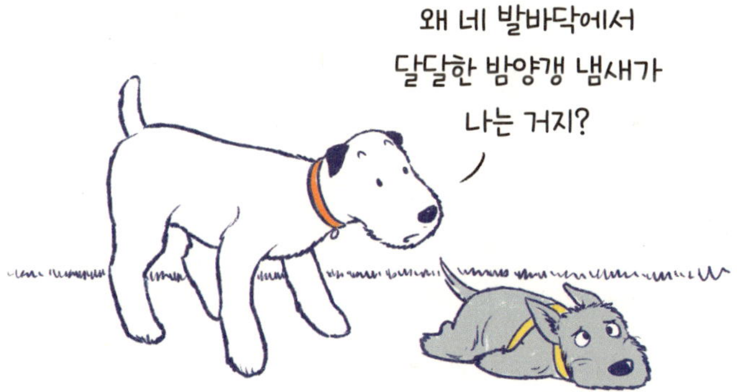

왜 네 발바닥에서
달달한 밤양갱 냄새가
나는 거지?

유치한 과시 행동

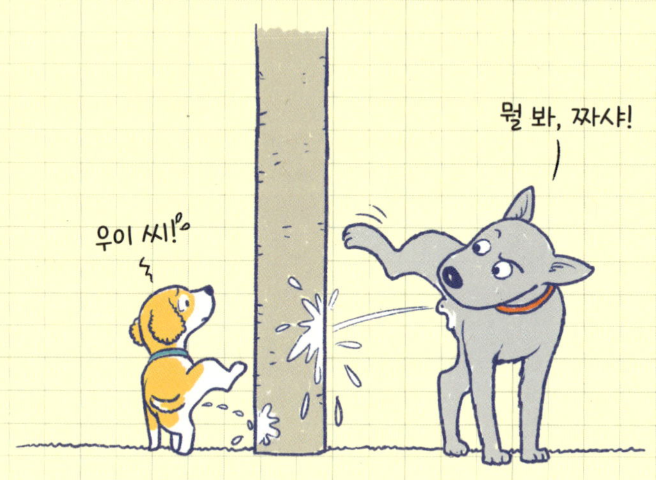

수컷들은 우리 여자 개들과는 다르게 쓸데없는 과시 행동을 한다.
그중 대표적인 게 오줌 누는 습관이다. 우리의 수컷들은 인간처럼 설 수가
없으니 한쪽 다리를 들고 쉬를 한다. 다리가 길고 주요 부위의 기능이
왕성할수록 오줌발이 높고 길게 뻗어나간다. 그래서 그들은
기둥이나 전신주 같은 자기보다 키가 큰 표시물이 있어야 쉬를 한다.
자신보다 작고 약한 수컷들에게 우월감을 표시하는 일종의 과시
행동이다. 나는 이런 유치한 행동을 하는 친구들을 볼 때마다 오히려
알 수 없는 짠한 마음이 든다. 한편, 나이가 들고 몸이 불편한 수컷들은
우리처럼 그냥 제자리에 서서 볼일을 보는 경우도 있다. 이것 역시도
짠하기는 마찬가지다. 그런데 하비도 아직까지 이 강박적 과시 행동을
멈추지 못하고, 함미가 변기를 청소할 때마다 잔소리를 듣는다.

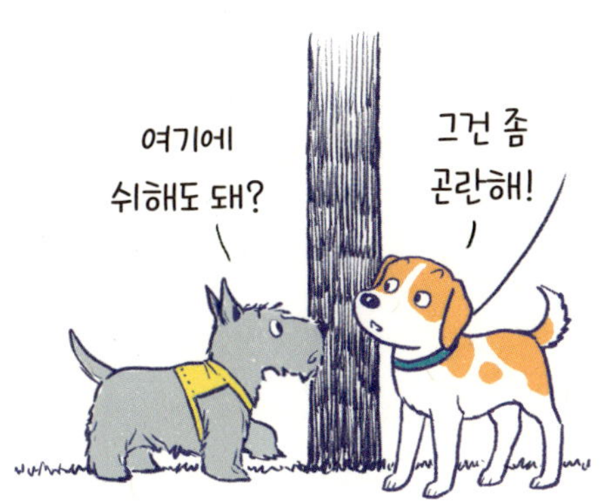
여기에
쉬해도 돼?
그건 좀
곤란해!
게스트 화장실은 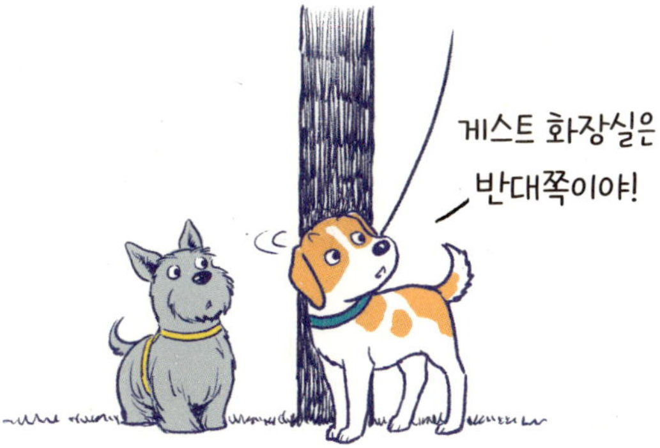
반대쪽이야!
저—기.

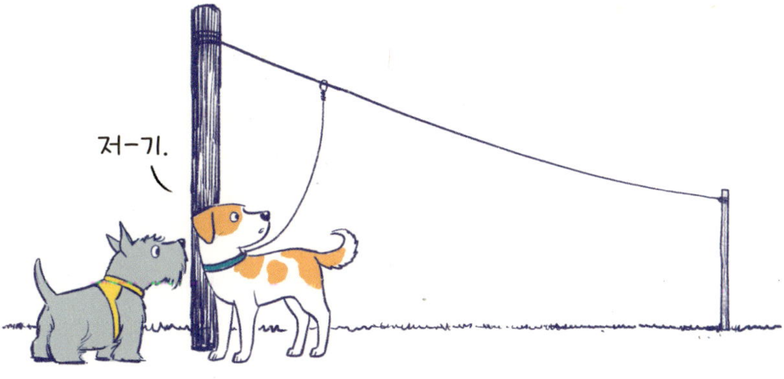

9번 벤치의 하루

분수대 옆 광장의 가장 전망 좋은 자리에 놓여 많은 사람이 찾는 이곳을 나는 9번 벤치라 부른다. 9번 벤치의 하루를 기록하며 개와 인간의 동행에 대해 많은 생각을 해 본다.

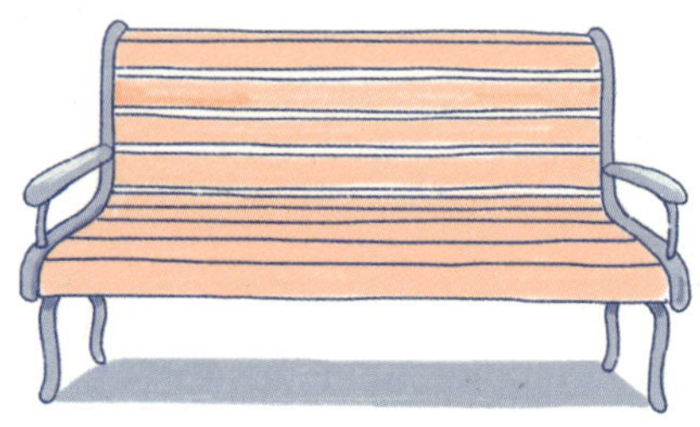

오전 9시

20살이 넘은 누렁이와 그의 오래된 반려인 노부부. 개와 사람도 함께한 세월만큼 닮아 간다. 세 가족이 오전 산책을 나와 쉬고 있는 모습은 공원에서 가장 아름다운 풍경이다.

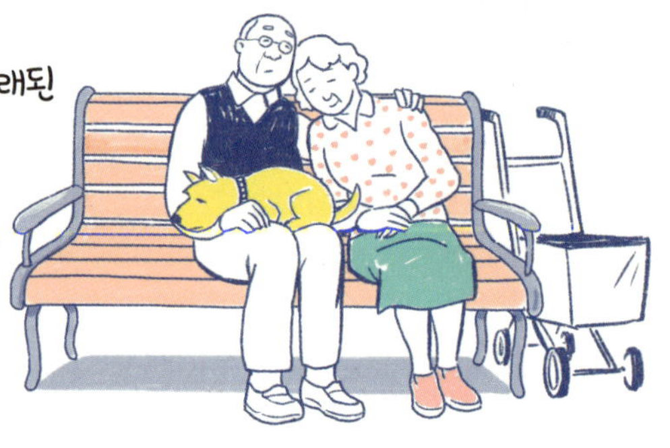

오전 10시 08분

찰칵찰칵 쉬지 않고 찍는다. 밍키는 지금까지 수천 번 사진을 찍혔지만, 아무리 이해하려 해도 무엇이든 찍고 보는 습관에는 여전히 적응이 안 된다고.

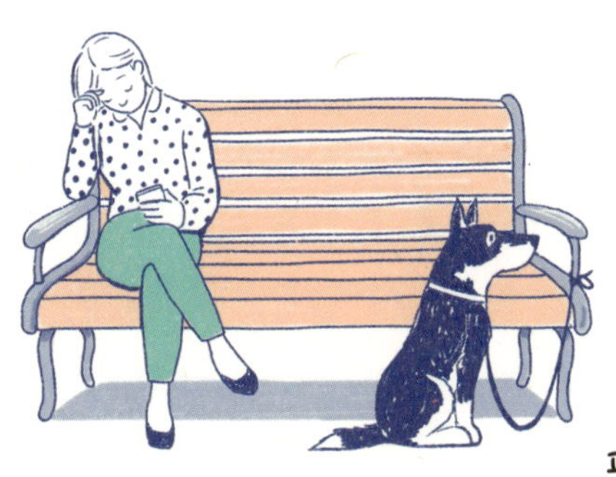

저먼 셰퍼드의 혈통을 이어받은 쿤.
경비견 출신답게 늘 경비하는
자세로 앉아 눈을 부릅뜨고
주위를 두리번거린다. 그렇게 살면
피곤할 만도 한데 아주 어릴 때부터
훈련을 받아 습관이 되어 괜찮다고 한다.
조기 교육의 폐단이 아닐 수 없다.

누가 라면 먹을 때 옆에서
몇 가닥 얻어먹는 라면 맛은
안 먹어 본 개는 모른다. 그런데
마키의 반려인은 자기 혼자
국물까지 다 마셔 버렸다.
저건 반칙인데. 너무하네….

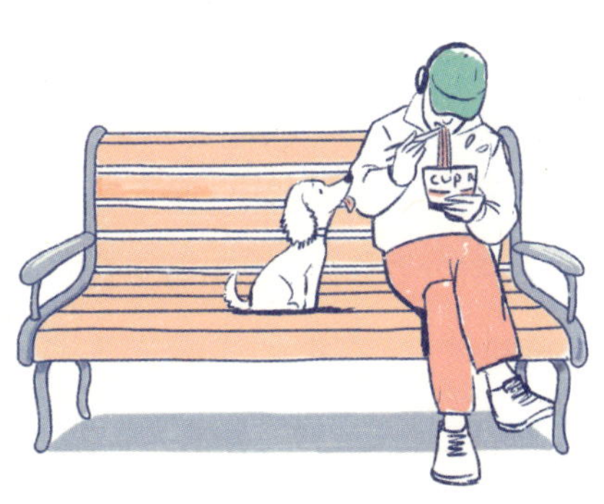

우리는 사랑을 나누는 장소와 시간에 구애를 받지 않는다.
다만 옆에 있는 인간들의 따가운 눈총과
훼방이 문제 될 뿐. 백구의 반려인이
꾸벅꾸벅 조는 틈을 타 이 커플은
몰래한 사랑에 성공했다.

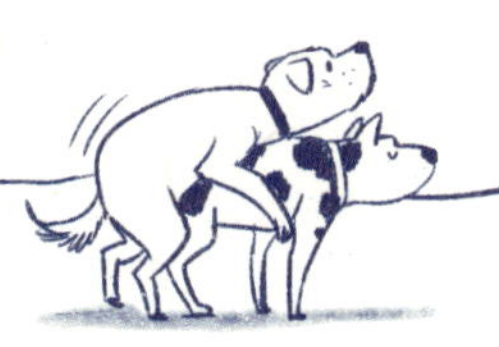

49

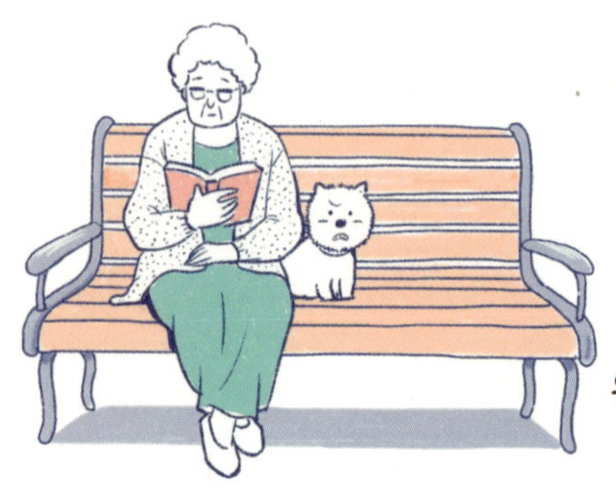

분리 불안증이 있는 하니는 늘 할머니 곁에 붙어 앉아 벤치 앞을 지나가는 모든 생명체)를 자신을 위협하는 존재로 인식한다. 언젠가 한 아이의 뒤꿈치를 물었다가 그 아이의 반려견에게 목덜미를 물리는 대형 사고가 있었다. 이후 하니의 증상은 더욱 심해졌다.

오후 3시 20분

반려인 중에는 산책의 목적이 순수하지 않은 경우가 있다. 이들이 눈이 맞아 커플이 되고 나면 그날 이후부터는 공원에서 보이지 않는다. 가여운 두 친구는 그저 수단에 불과한 존재일 뿐.

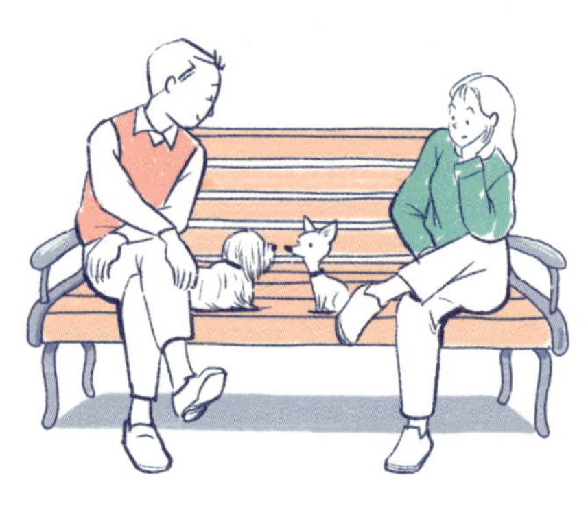

오후 4시 30분

해피는 이름과는 반대로 늘 우울하다. 해피는 길거리에서 태어나 유기견 보호소를 전전하며 몇 번의 파양을 경험했다. 다행히 지금은 자신처럼 우울한 과거를 가진 반려인을 만나 서로를 위로하며 지내고 있다.

늘 기타를 매고 다니는 루이의
반려인은 한때 잘나가던 록 밴드의
기타리스트였다. 루이라는 이름도
그가 연주했던 팝송의 제목이다.
해질 무렵 한적한 공원은
그에게 콘서트장이 된다. 비록 관중이라고는
그의 충직한 친구 루이 하나뿐이지만.

맹견 출신인 탱크는 험악한 외모를 지녔지만
늘 풀이 죽어 있다. 그의 반려인이 공원에서
누구와 인사를 나누는 모습을 본 적이 없다.
반려인의 범상치 않은 인상이나
태도를 보면 어쩌면 탱크는 가정
폭력의 피해자일지도 모른다.

밤이 깊어지고 벤치는 침대가 된다.
똘이와 노숙자 아저씨는 서로의 체온에
의지해 추운 밤을 보낸다.
어쩌다 떠돌이 신세가 된
개와 인간이 우연히 만나
한순간도 떨어져 지낼 수 없는
식구가 되었을까….

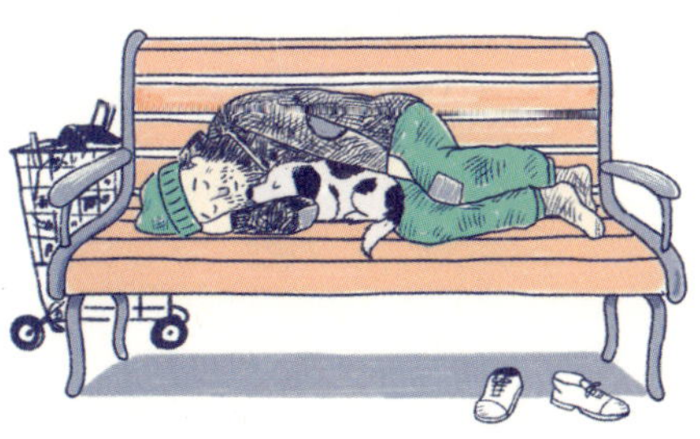

개 답지는 않지만 가끔
내 멋대로 살아 보고 싶다. 우리 동네 바깥에는
또 어떤 동네가 있는지 거기엔 또 어떤 친구들이
살고 있는지 만나 보고 싶다….

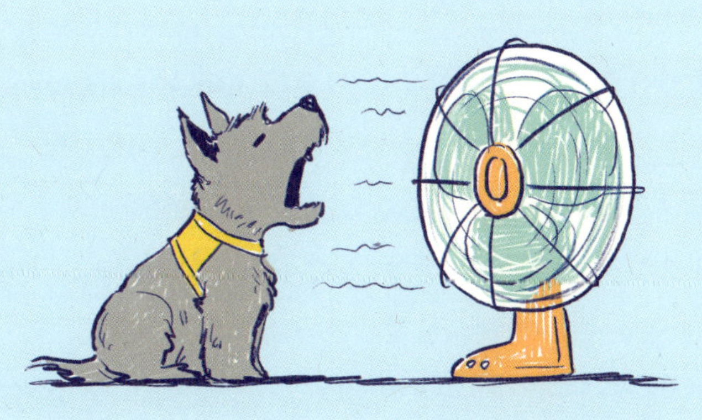

나의 노란 목걸이

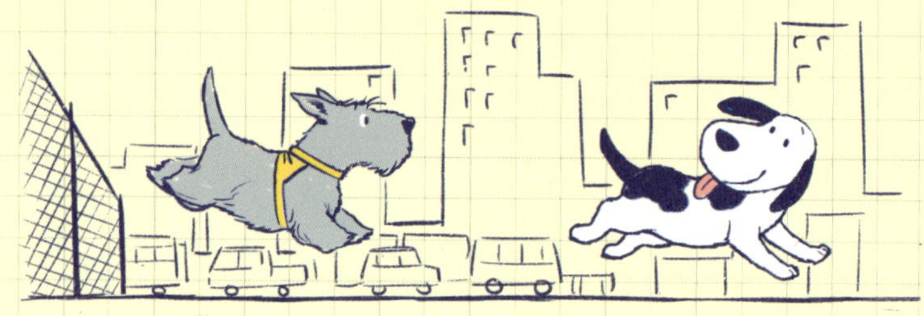

떠돌이 친구와 신나게 달리며 놀다가 그만 사고를 치고 말았다.
공원의 개구멍을 통해 도로로 나왔는데, 처음 보는 길이라 공원으로
다시 돌아가려니 아까 나왔던 개구멍의 위치를 찾을 수가 없었다.
당황하여 몇 시간을 헤매다가 누군가에 의해 이웃 동네 파출소에
맡겨졌다. 얼마 후 하비가 나타나서 무사히 집으로 돌아왔지만,
어떻게 그렇게 빨리 나를 찾을 수 있었는지 몹시 궁금했다.
알고 보니 하비가 집 근처 파출소에 노란 목걸이를 한 개라고
신고하면서 어렵지 않게 나를 찾아낸 거다.
나는 지금껏 내 목걸이를 구속의 상징으로만 생각했는데, 나의 소속을
말해 주는 또 다른 의미가 있다는 사실을 알게 되었다.

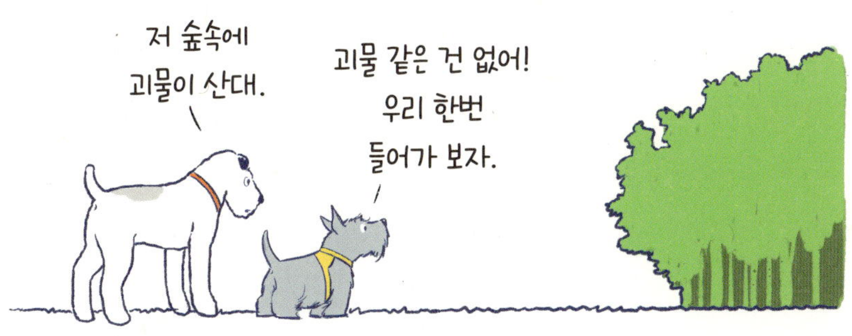
저 숲속에
괴물이 산대.
괴물 같은 건 없어!
우리 한번
들어가 보자.

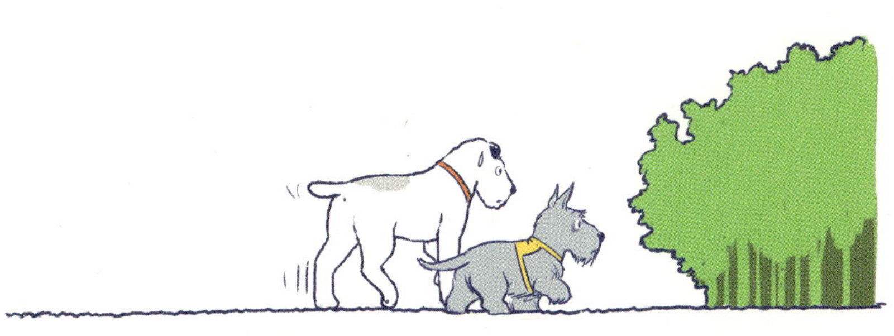

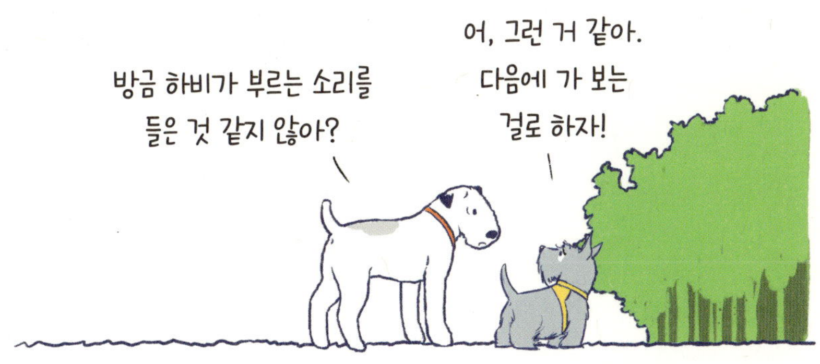
방금 하비가 부르는 소리를
들은 것 같지 않아?
어, 그런 거 같아.
다음에 가 보는
걸로 하자!

분노를 알리는 방법

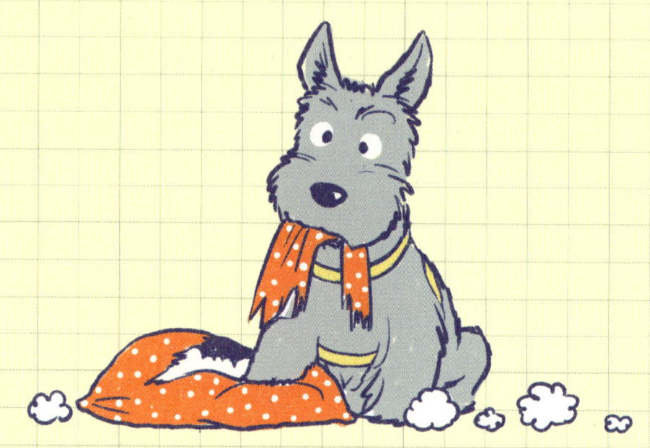

우리는 자신의 감정을 쉽게 드러내지 않는다. 하지만 오늘처럼 나를

사흘 동안 집안에 버려두고 자기들끼리 가족 여행을 가 버린

경우에는 나의 분노를 알릴 수 있는 방법을 찾아야만 한다.

가장 소극적인 방법은 가족들, 특히 하비가 현관문을 열고 들어왔을 때

밟기 쉬운 위치에 똥을 싸 놓는 거다. 좀 더 적극적인 방법은 쿠션이나

신발 같은 것들을 물어뜯어 못 쓰게 만드는 것이다. 오늘은 고민 끝에

이 두 가지를 모두 실행하기로 마음먹었다. 나는 상당한 시간을 들여

정성껏 모든 과정을 완료했고, 이제 가족들이 돌아오면 시작될

난리법석을 기다리고 있다. 이런 행위는 복수나 앙갚음 같은 극단적인

감정 해소가 아니다. 다만 이런 식으로라도 내가 감정을 가진

살아 있는 존재이며 가족의 일원이라는 것을 알리고 싶을 뿐이다.

그런데 하비는 도대체 언제 오는 거야?

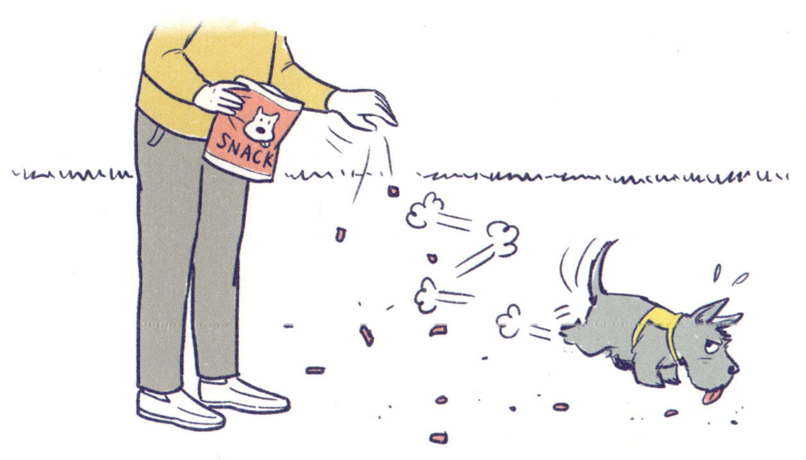

SNACK

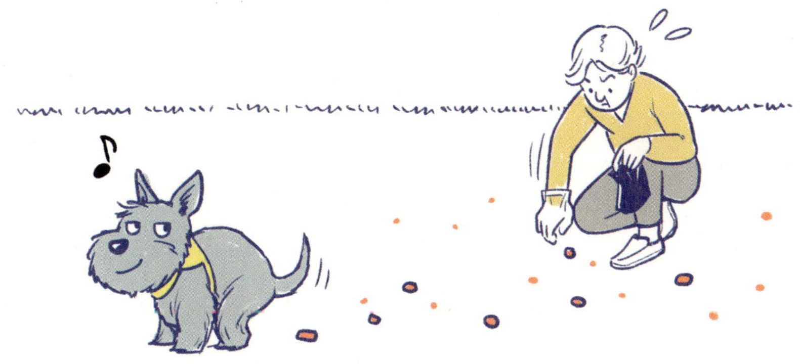

중성화 수술

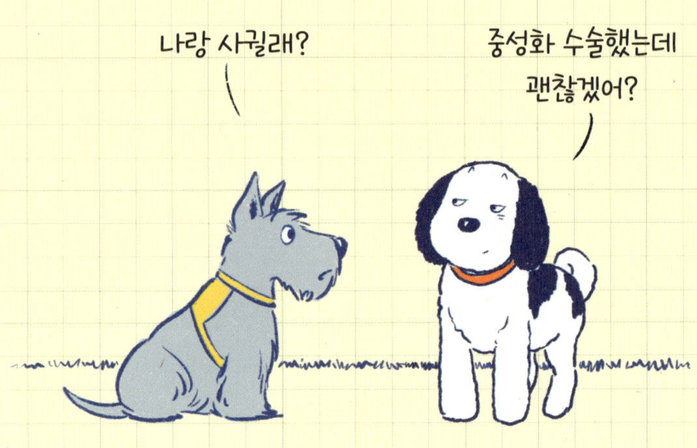

오늘은 인간의 반려견으로 살아가고 있는 우리 모두에게 가장 불편한 이슈인 중성화 수술에 대해 생각해 봤다. 문제의 핵심은 인간과 우리의 이익이 서로 충돌했을 때 우선순위를 어디에 두느냐의 문제다.

인간들은 '동물 복지'라는 당위성을 내세우지만, 그것 역시 인간 기준의 시각일 뿐 우리가 원하는 복지는 아니다. 인간들이 자기의 이익을 더 우선으로 생각하기 때문에 점점 더 수술이 당연하게 행해지고 있다. 보통의 반려견에게 자연스러운 짝짓기란 현실적으로 불가능에 가깝다. 오로지 방법이라고는 일찌감치 가출해서 떠돌이 개로 살다가 아직 수술 전인 젊은 떠돌이 파트너를 만나는 길뿐! 옛날 '자만추'를 누리고 살았던 할머니 할아버지 세대가 부럽다.

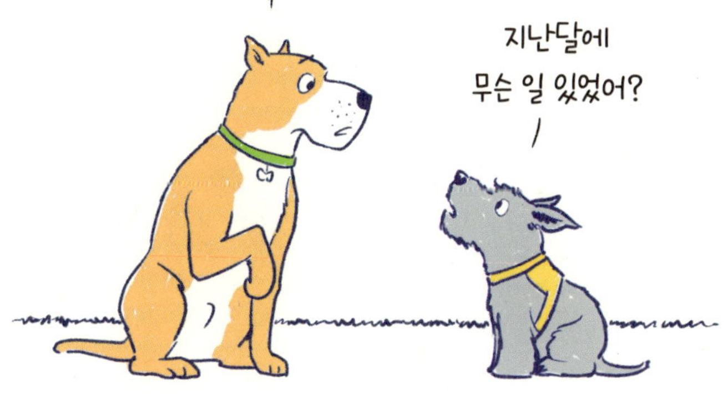

맨날 화를 내던
내 여친이 지난달부터
나한테 화를 안 내는 거야.

지난달에
무슨 일 있었어?

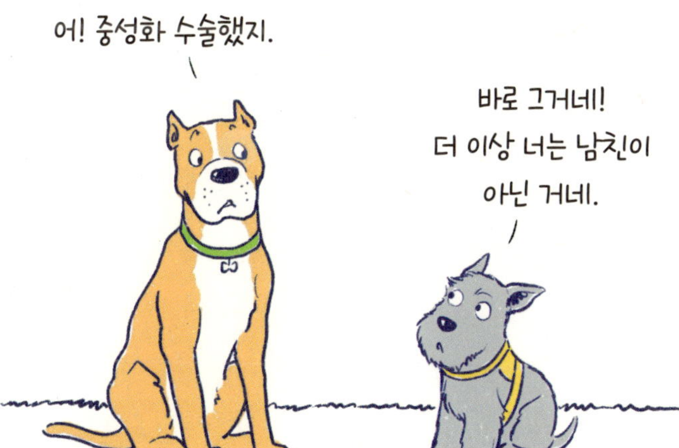

어! 중성화 수술했지.

바로 그거네!
더 이상 너는 남친이
아닌 거네.

내겐 너무 큰 대박이

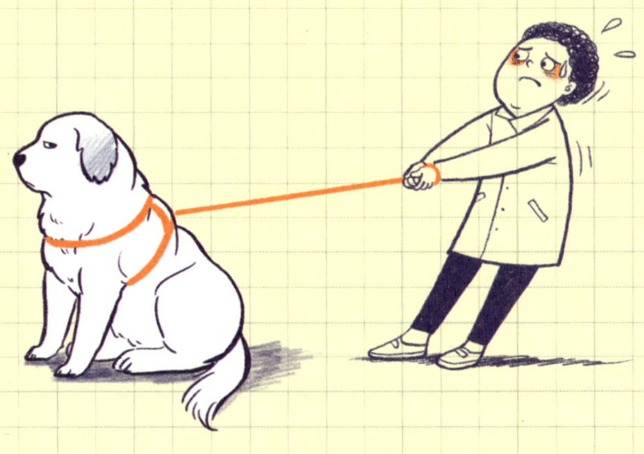

오늘은 우리 동네에 큰 사고가 있었다. 대박이와 산책을 하던 반려인이 넘어져 앞니 두 개가 부러지고 얼굴에 큰 상처를 입었다. 대박이는 초대형견인 그레이트 피레니즈로 몸무게는 거의 90kg에 가깝다. 내가 몇 번 마주치면서 보았던 이들의 산책 모습은 위태롭기 짝이 없었다. 대박이가 반려인을 질질 끌고 다니는 듯한 느낌이었다. 대박이는 가끔 시동이 꺼져서 바닥에 주저앉아 먼 산을 바라보는 특이한 습관이 있는데, 다시 시동을 거는 게 여간 만만한 일이 아니다. 평소에는 느린 편이지만 식탐이 많아 먹을 걸 보면 흥분하고 동작이 빨라질 때가 있다. 아마도 산책 도중에 뭔가 먹을 걸 발견해 급발진하는 바람에 반려인이 공중 부양 후 추락하여 사고가 발생했던 거 같다. 1년 전에는 대박이도 정말 작고 귀여웠는데⋯.

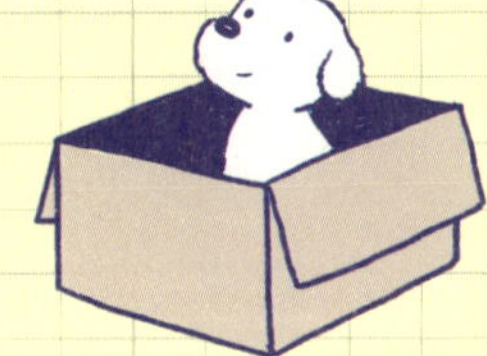

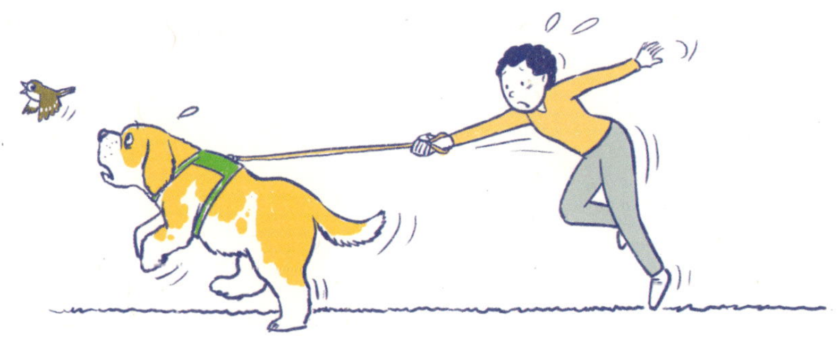

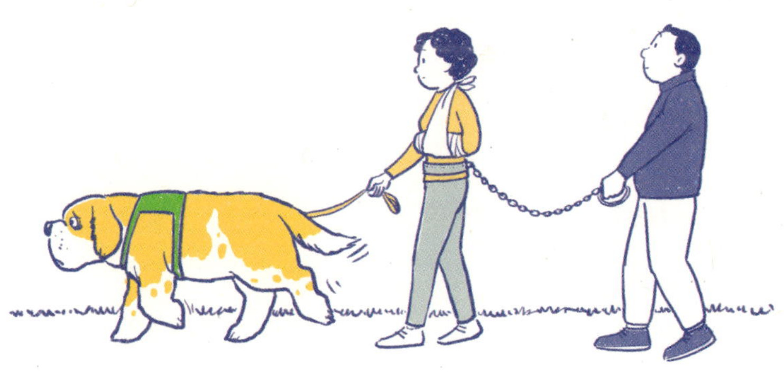

풀 뜯어 먹는 개

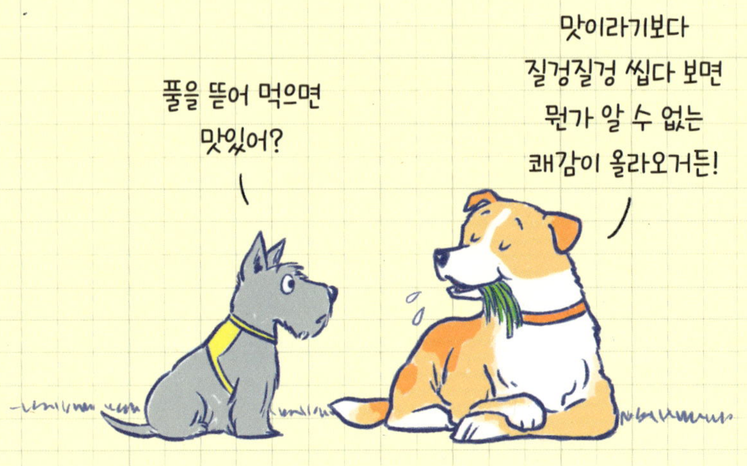

우리의 조상은 오직 육식만 했지만, 인간과 함께 살면서
인간이 먹고 남은 음식을 먹다 보니 잡식성이 되었다. 나도 여전히
채소보다는 고기를 선호하지만 아삭아삭 씹히는 과일이나 쫀득쫀득한
고구마의 식감은 포기하고 싶지 않다. 가끔 산책하다 보면
풀을 뜯어 먹겠다는 친구와 못 뜯어 먹게 막는 보호자가 실랑이하는
모습을 볼 수 있다. 인간들은 온갖 풀을 비싼 값에 사 먹으면서
지천으로 널린 공짜 풀은 못 먹게 하다니. 더러워서? 해로울까 봐?
우리가 풀을 먹는 것은 장내에서 섬유질이 좋은 기능을 해서이기도 하고,
스트레스 해소, 반려인의 관심 끌기, 풀 질감에 대한 호기심이나 씹기
장난으로, 혹은 그냥 씹고 싶어서 등등 여러 이유가 있다. 독성이 있는
꽃이나 버섯류만 먹지 않는다면 그렇게 말릴 심각한 일은 아닌 것을…!

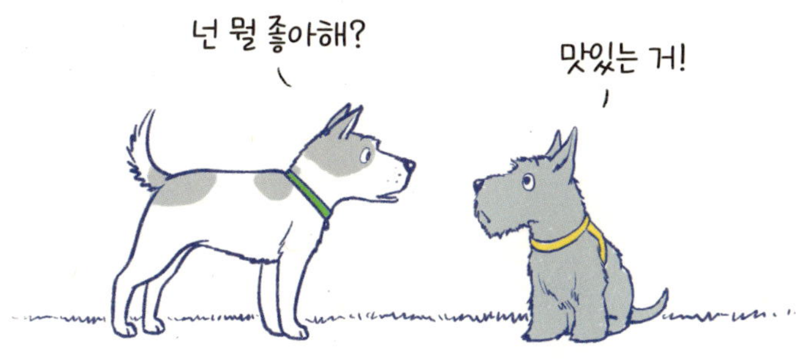

넌 뭘 좋아해?
맛있는 거!

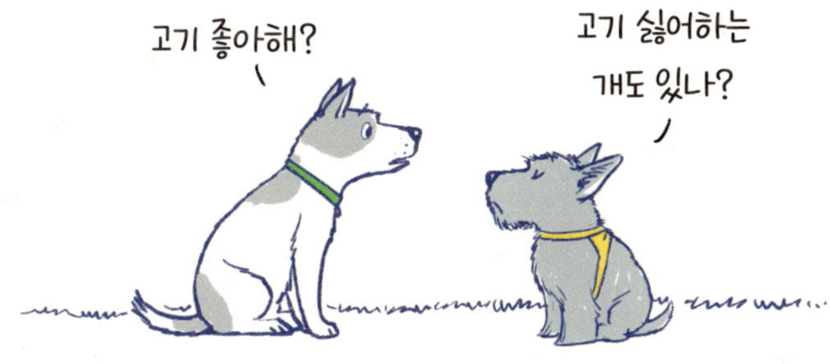

고기 좋아해?
고기 싫어하는
개도 있나?

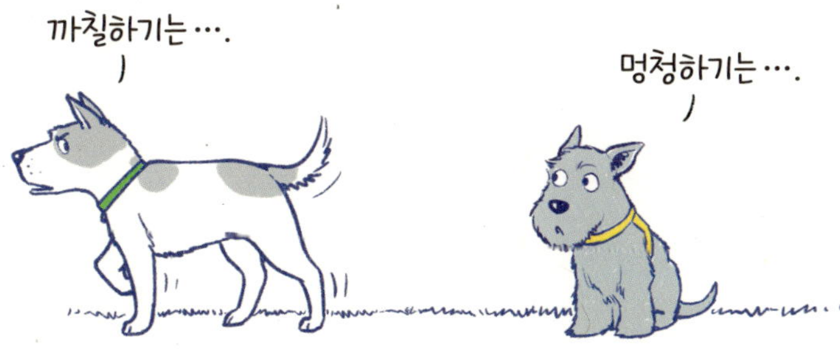

까칠하기는 ….
멍청하기는 ….

인스타견

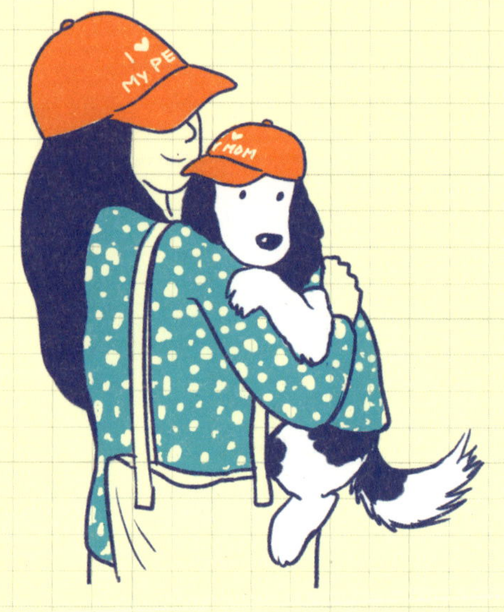

내 친구들은 대부분 반려견이지만 특수한 직업을 가진 친구들이 있다.

경비견, 탐지견, 군견 등 다양한 전문직이 있는데, 요즘 새로운 직업이

떠오르고 있다. SNS가 대세인 세상에 이른바 인스타견이 등장한 거다.

더 많은 조회 수를 기록하기 위해, 더 유명한 셀럽 강아지를 만들기 위해

반려인들은 다양한 노력을 쏟아붓는다. 각종 행사용 강아지 옷부터

반려인과의 커플 룩까지 강아지 패션은 우리 주변에서 일상화되고 있다.

강아지와 인간의 아이들은 이제 SNS라는 공간 안에서 경쟁자가

되었다. 이들은 모두 거부감 없이 '좋아요'를 누르게 만드는

매우 강력한 소재이니까.

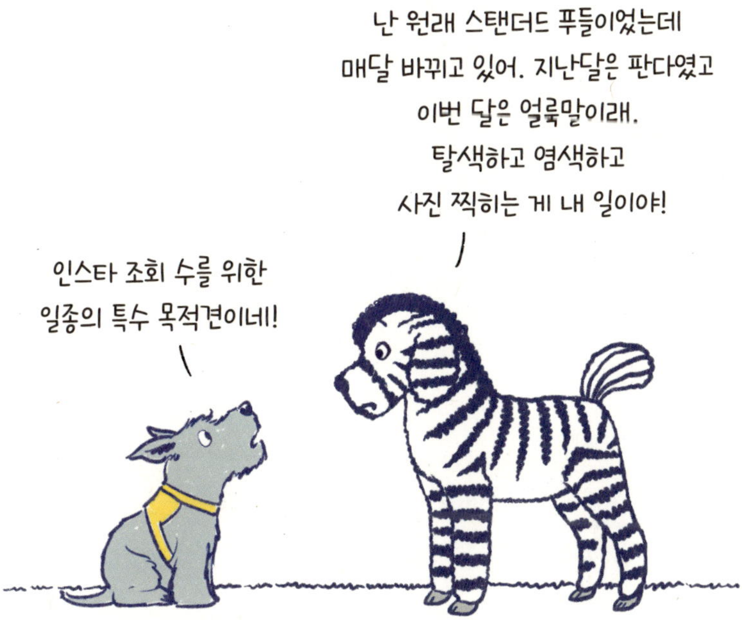

난 원래 스탠더드 푸들이었는데
매달 바뀌고 있어. 지난달은 판다였고
이번 달은 얼룩말이래.
탈색하고 염색하고
사진 찍히는 게 내 일이야!

인스타 조회 수를 위한
일종의 특수 목적견이네!

향수, 그 고약한 냄새

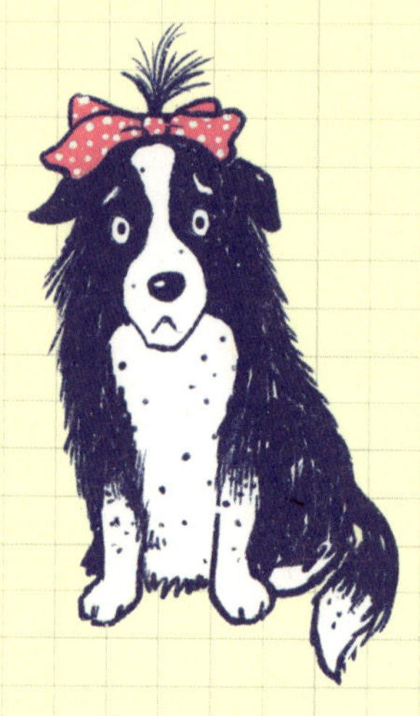

버찌는 평소에 친구들과 잘 어울리는 친구다. 그런데 오늘은

버찌 근처에 아무도 없고 혼자 덩그러니 벤치 아래 앉아 있었다.

가까이 가 보니 금방 그 이유를 알 수 있었다. 우리가 싫어하는

고약한 냄새가 버찌에게서 풀풀 풍기고 있었기 때문이다.

그건 분명 버찌의 반려인에게서 나는 향수 냄새였다.

불쌍한 버찌도 견디기 힘든지 연신 재채기를 하고 있었다.

우리는 냄새에 민감한 '개'다. 냄새로 소통하고 냄새로 판단한다.

고물상 집 막둥이와 시장 생선 가게 똥이가 우리들 사이에서 인기가

좋은 이유는 늘 좋은 냄새가 나기 때문이다. 오늘, 우리에게 좋은 냄새와

인간들이 좋아하는 냄새가 확실히 다르다는 걸 새삼 깨달았다.

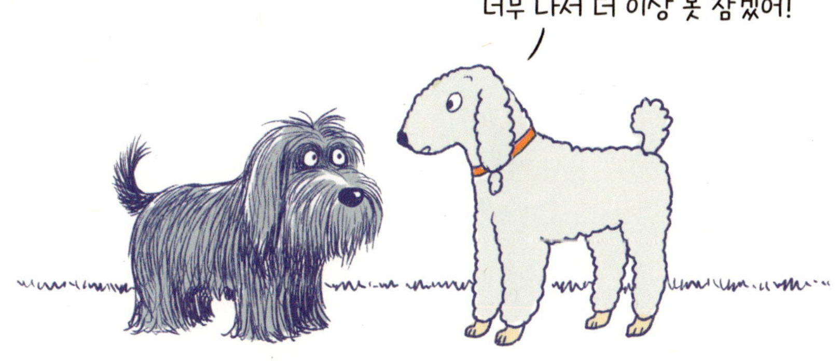

우리 헤어지자!
네 몸에서 쓰레기 냄새가
너무 나서 더 이상 못 참겠어!

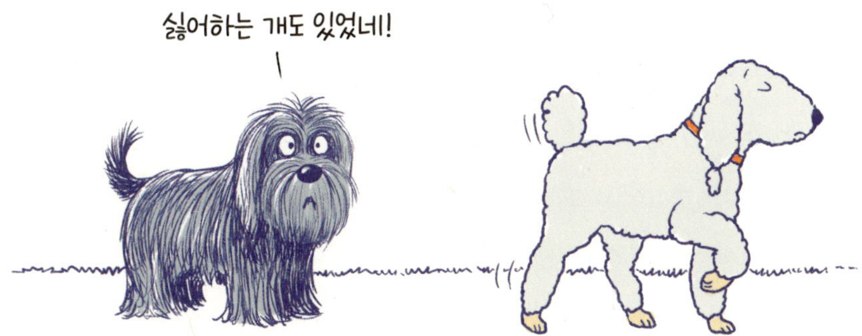

와ㅡ! 쓰레기 냄새를
싫어하는 개도 있었네!

인간의 소통 방식

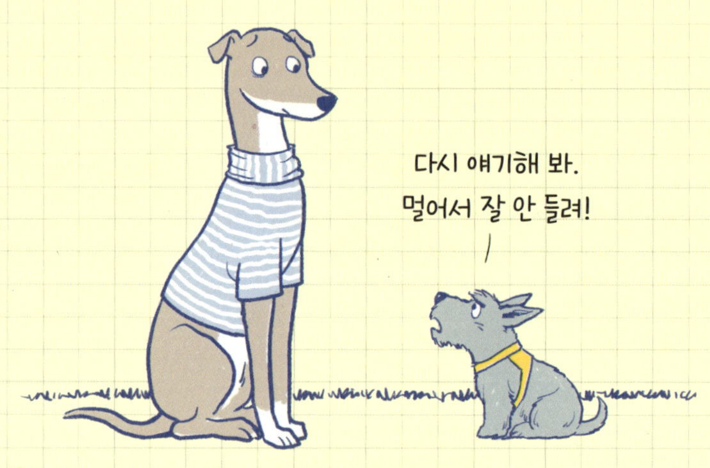

인간은 우리가 흉내 낼 수 없는 다양한 얼굴 표정을 사용해 소통하고
이것을 자신을 감추는 데에도 활용한다. 예를 들어 낯선 사람을
만났을 때 인간은 미소 짓는 표정으로 자신이 좋은 사람이고 당신을
공격할 의사가 없음을 알린다. 상대방이 위협적이라고 느껴질수록
자신의 공포감을 감추기 위해 더 심하게 억지 미소를 지어 보인다.

우리가 입술을 핥는다거나 하품을 해 긴장을 해소하는 것과 비슷하다.
인간은 우리에게 가깝게 다가올 때도 대부분 그런 표정을 짓는다.
그 미소 속에는 나는 우호적이니 나를 물지 말라는 조심스러움도 섞여 있다.

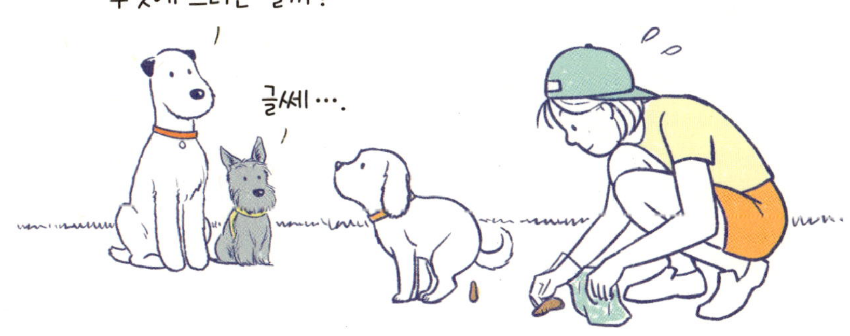
우리 똥을 저렇게
열심히 모아서 나중에
무엇에 쓰려는 걸까?
글쎄….

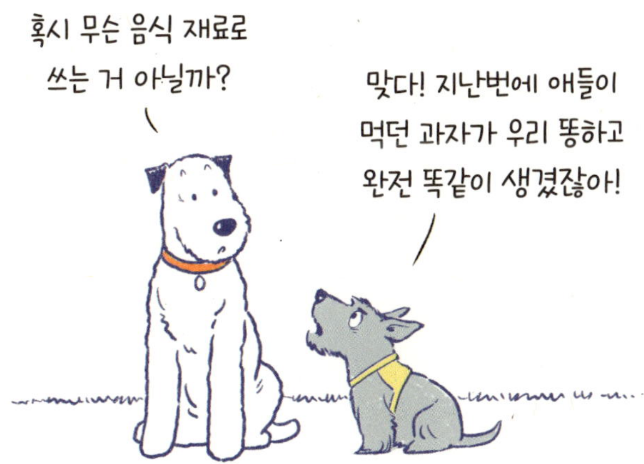
혹시 무슨 음식 재료로
쓰는 거 아닐까?
맞다! 지난번에 애들이
먹던 과자가 우리 똥하고
완전 똑같이 생겼잖아!

위험 식품

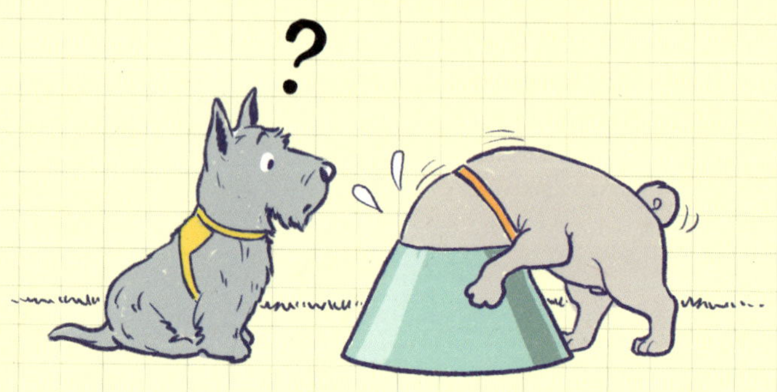

우리의 소화 기능이 인간보다 훨씬 취약하다는 사실을
모르는 인간이 많다. 특히 몸집이 작은 친구들은 해로운 음식을 조금만
먹어도 중독이 되거나 장염에 걸려 큰 고생을 하게 된다.
반려인들이 우리가 조심해야 할 위험 식품들을 꼭 기억하면 좋겠다.
가장자리가 날카로운 뼈 종류. 오징어, 문어, 조개 등 어패류. 초콜릿,
땅콩, 아보카도, 양파와 대파, 깻잎과 부추, 포도, 과일 씨, 토마토 등.
소량 먹었을 때는 별 탈 없을 수도 있지만 구토를 계속하고, 특히 노란빛을
띤 구토를 할 경우에는 빨리 병원에 가야 한다!

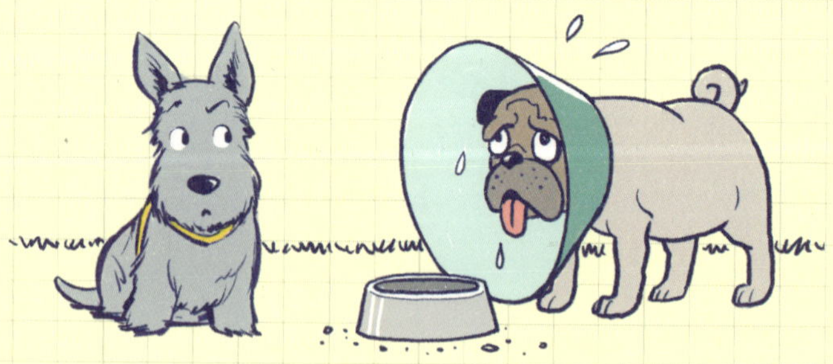

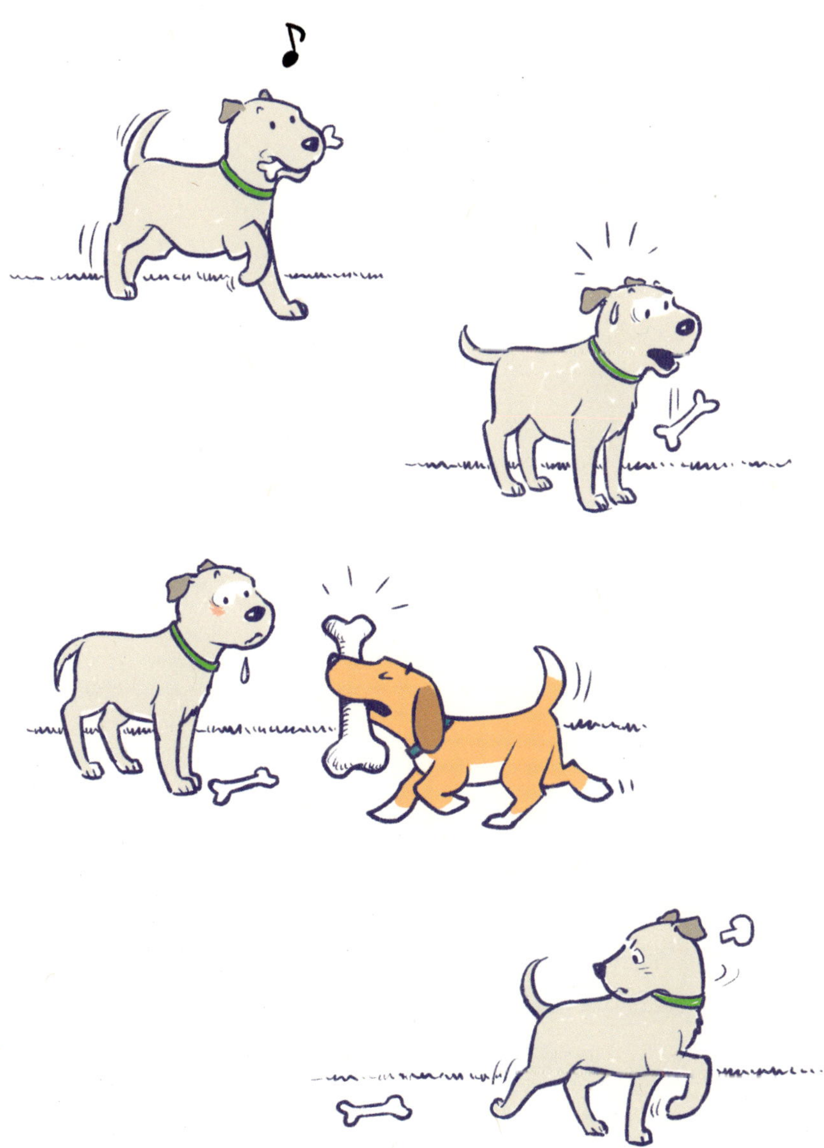

마운팅에 대한 오해

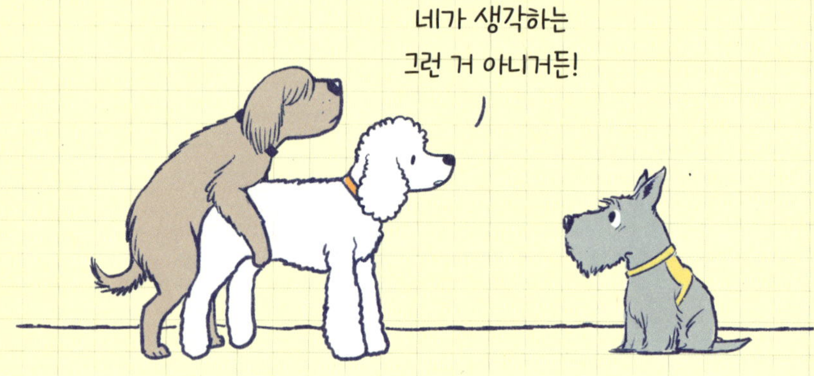

강아지가 태어나는 모습을 보며 눈물까지 흘리면서 감동하던 함미가

왜 강아지를 만드는 모습은 꼴도 보기 싫어하는 걸까?

분명 마운팅이 인간의 눈에 민망해 보이는 짝짓기 행위인 것은 맞지만

우리에겐 존재의 목적이며 평생의 과제라 할 수 있다.

하지만 우리가 다른 개의 등에 올라타는 마운팅이 언제나 짝짓기를

목적으로 하는 것만은 아니라는 사실도 인간이 알았으면 좋겠다. 그냥

놀이의 한 가지로, 스트레스를 해소하는 운동으로, 때로는 우위를 확인받고

싶은 일종의 과시 행동으로. 그렇게 이해해 준다면 좋으련만⋯.

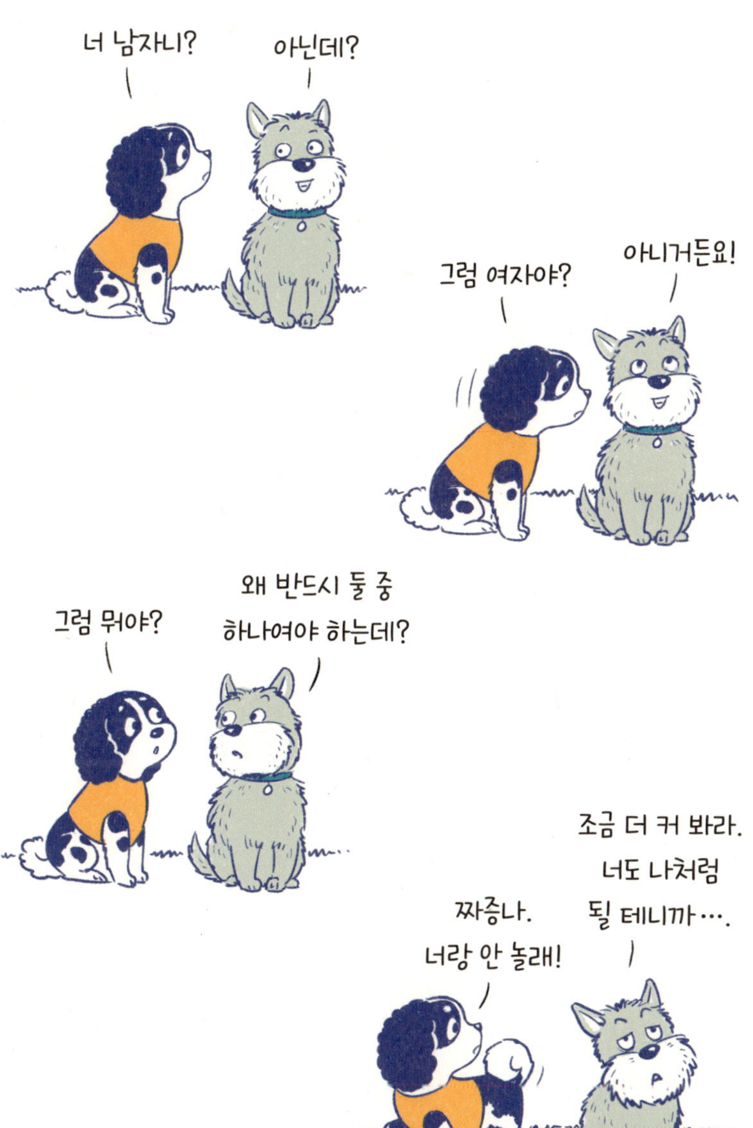

너 남자니?
아닌데?
그럼 여자야?
아니거든요!
그럼 뭐야?
왜 반드시 둘 중 하나여야 하는데?
조금 더 커 봐라. 너도 나처럼 될 테니까….
짜증나. 너랑 안 놀래!

싫은 친구

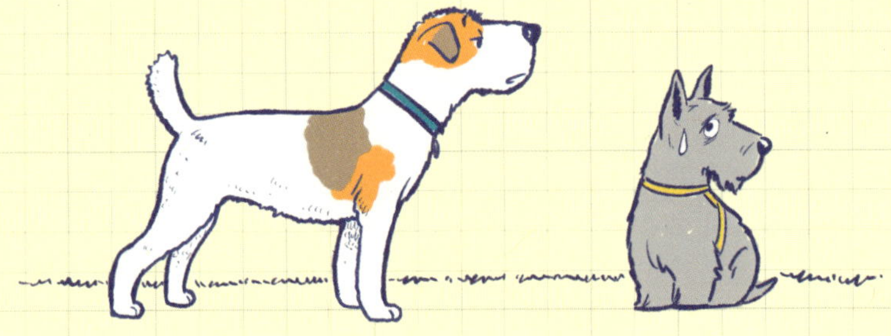

싫어하는 친구가 생겼다. 싫어하기 싫은데 생각할수록
그 친구가 점점 더 싫어지는 건 왜일까? 나보다 키도 크고 똑똑해서?
아니면 우리 집보다 훨씬 더 큰 집에 살고 있기 때문에?
그것도 아닌 것 같은데 아무리 생각해도 이유는 모르겠지만
여하튼 그 친구랑 이야기하다 보면 짜증이 난다. 그 친구 얼굴만
떠올려도 기분이 우울해지는 나는 얼마나 속이 좁은 개인가 하는
생각이 들어 더 기분이 나빠진다.
나는 원래 명랑 쾌활한 개도 아니고, 굳이 그렇게 되려고
애쓰고 싶지도 않기 때문에 싫은데 앞에서는 좋은 척하고 싶지 않다.
그래서 그 친구도 계속해서 싫어할 생각이다. 설령 그 친구가
날 좋아한다 해도 안 바뀔 거다! 소심한 거 맞네….

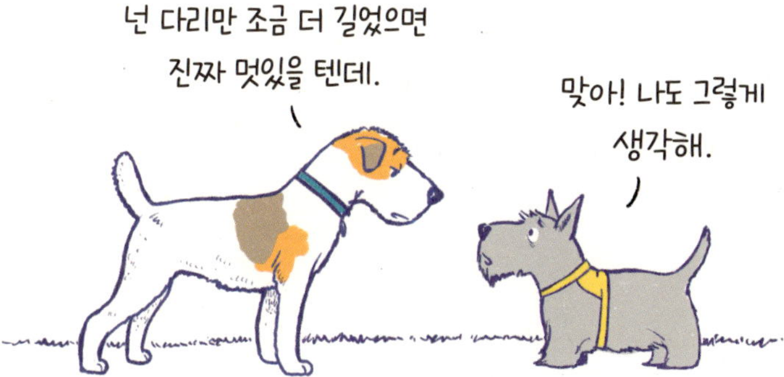

넌 다리만 조금 더 길었으면
진짜 멋있을 텐데.
맞아! 나도 그렇게
생각해.

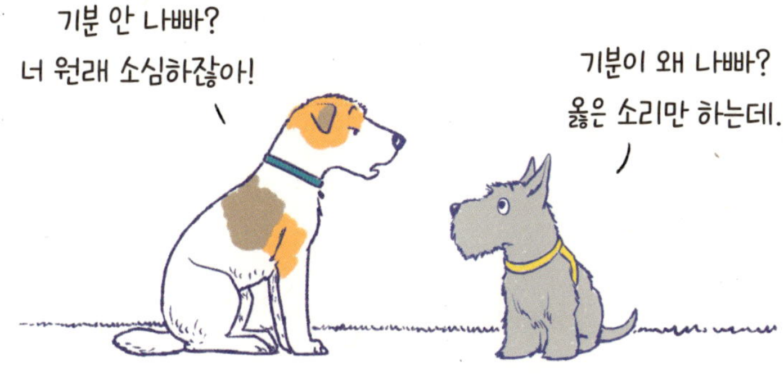

기분 안 나빠?
너 원래 소심하잖아!
기분이 왜 나빠?
옳은 소리만 하는데.

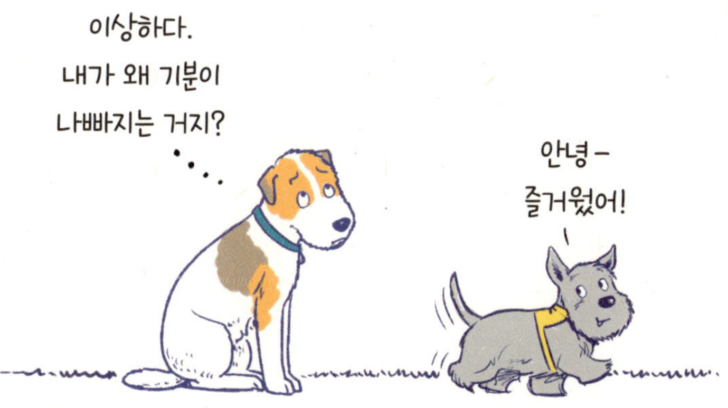

이상하다.
내가 왜 기분이
나빠지는 거지?
안녕 -
즐거웠어!

으르렁

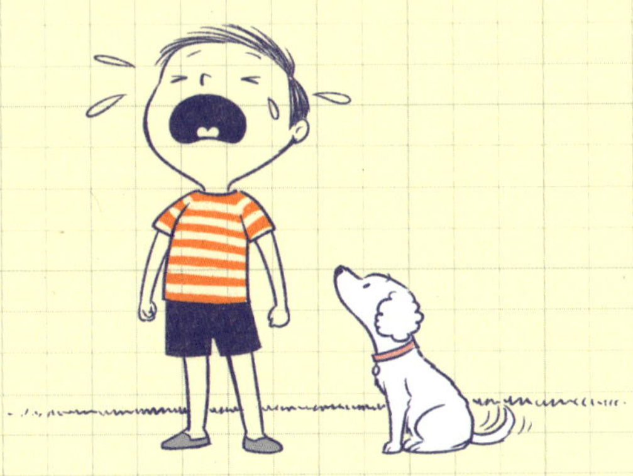

명랑 쾌활한 뽀리가 공원에서 공놀이를 하고 있는 아이에게 함께 놀자고 쫓아다니자 아이는 놀라 그만 울음을 터뜨렸다. 아이의 할머니는 뽀리의 반려인에게 목줄을 풀어 줬다며 심하게 항의했고, 영문을 모르는 뽀리는 마냥 즐거운 표정으로 아이를 쳐다보고 있었다.

아이가 울음을 터뜨린 이유는 뽀리의 으르렁 소리였다. 우리가 송곳니를 보이며 으르렁하는 건 위협이나 방어를 할 때이고, 작은 소리로 으르렁하면 귀찮다는 표현이다. 오늘 뽀리처럼 어깨를 낮추고 꼬리를 크게 흔들며 낮게 으르렁하면 함께 놀고 싶다는 뜻인데, 아마도 아이는 뽀리가 공격하려 한다고 생각한 거 같다. 우리가 낼 수 있는 소리는 신음 소리, 짖는 소리, 하울링 그리고 '으르렁' 뿐이다. 하지만 함께 드러내는 다양한 몸짓 언어로 의미가 달라진다 걸 이해한다면 그런 오해와 착각은 사라질 텐데.

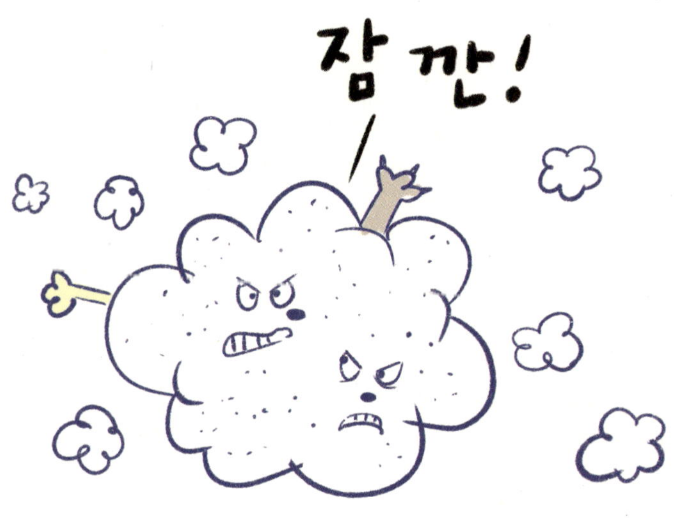

잠깐!

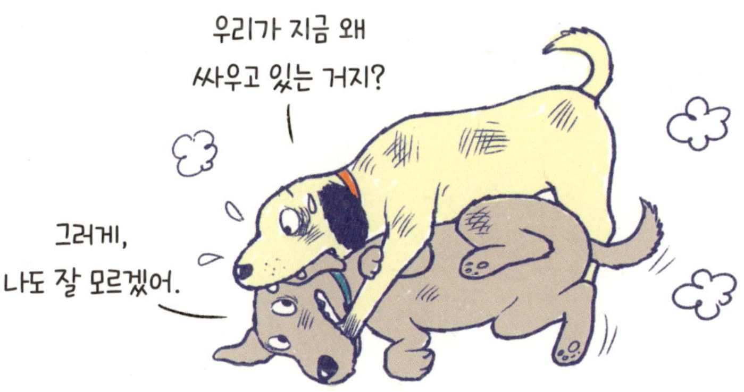

우리가 지금 왜
싸우고 있는 거지?
그러게,
나도 잘 모르겠어.

너희들은 도대체 왜 뒹구는 거야?

우리가 데굴데굴 구르는 이유는 매우 다양하다.
풀밭에서 구를 때는 대개 그 냄새가
좋아서고, 방 안에서 구르는 건 주로
놀고 싶다는 신호다. 간혹 너무 지나치게
구른다면 피부병에 걸렸거나 불안에 의한
강박증 때문일 수도 있다. 종종 우리가
다른 동물의 똥이나 썩은 냄새가 나는
장소에서 구르면 반려인들은 질색을 한다.
그래도 그건 우리들 각자의 취향 문제라
어쩔 수 없는 일!

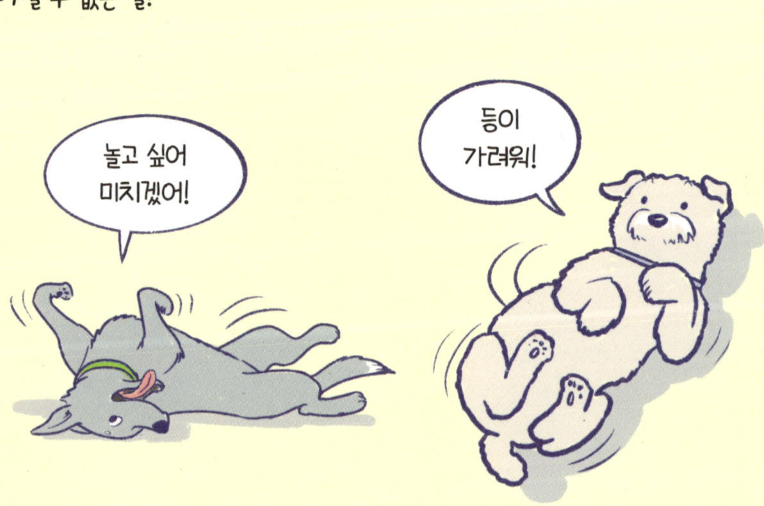

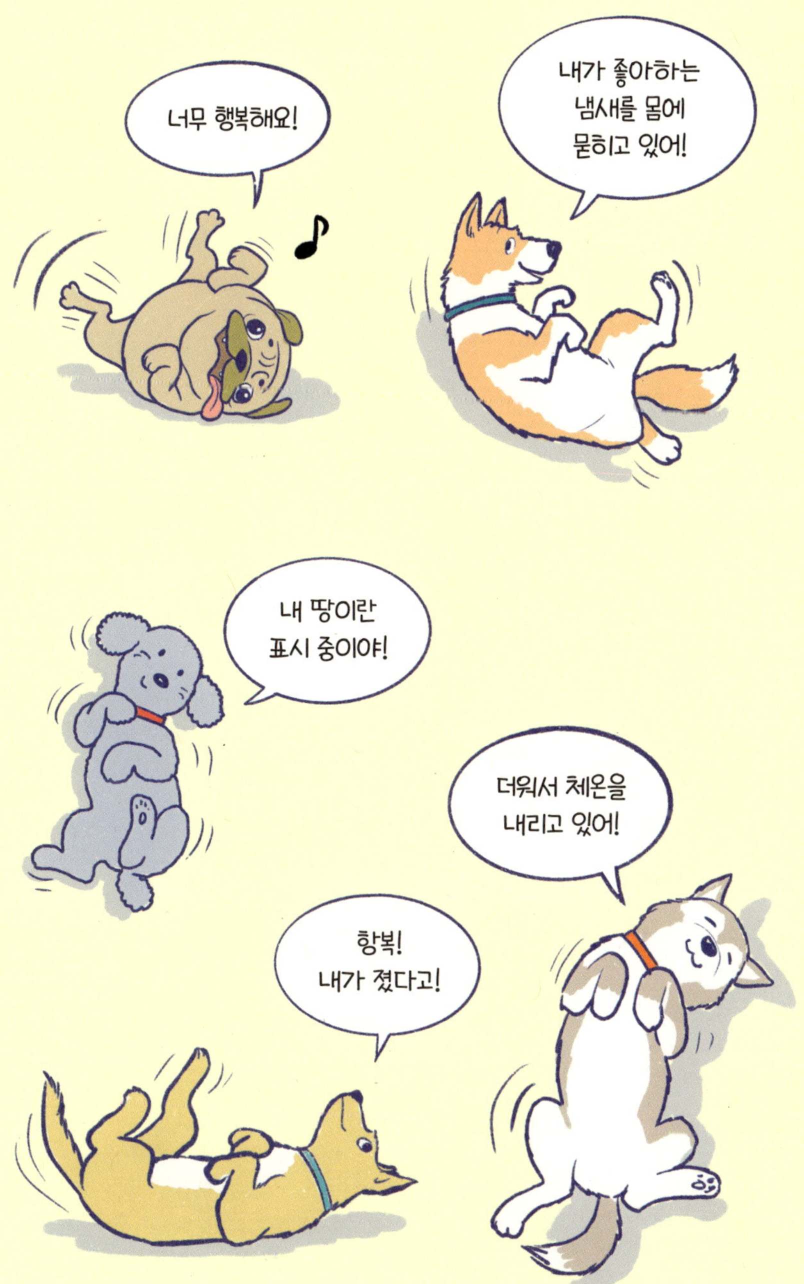
너무 행복해요!
내가 좋아하는
냄새를 몸에
묻히고 있어!
내 땅이란
표시 중이야!
더워서 체온을
내리고 있어!
항복!
내가 졌다고!

내려다보는 세상

키가 큰 친구들이 내려다보는 세상은 어떨지 궁금해서 돌무더기 위에 올라앉았다. 늘 올려다보던 세상과는 분명히 다른 느낌이다. 바닥에서는 어지러워 보였던 풍경이 훨씬 정돈되고 편안해 보였고 편평하기만 했던 공원 호수의 윤곽선이 드러나 크기도 가늠할 수 있었다. 왠지 공기도 맑게 느껴지고, 먼 곳에 있는 친구들의 모습도 한눈에 들어왔다. 그런데 이렇게 우리보다 더 많은 것들을 누리고 사는 큰 개들은 왜 우리보다 수명이 짧을까? 그런 걸 두고 '공평하다'라고 하는 걸까?

점점 머릿속이 복잡해졌다.

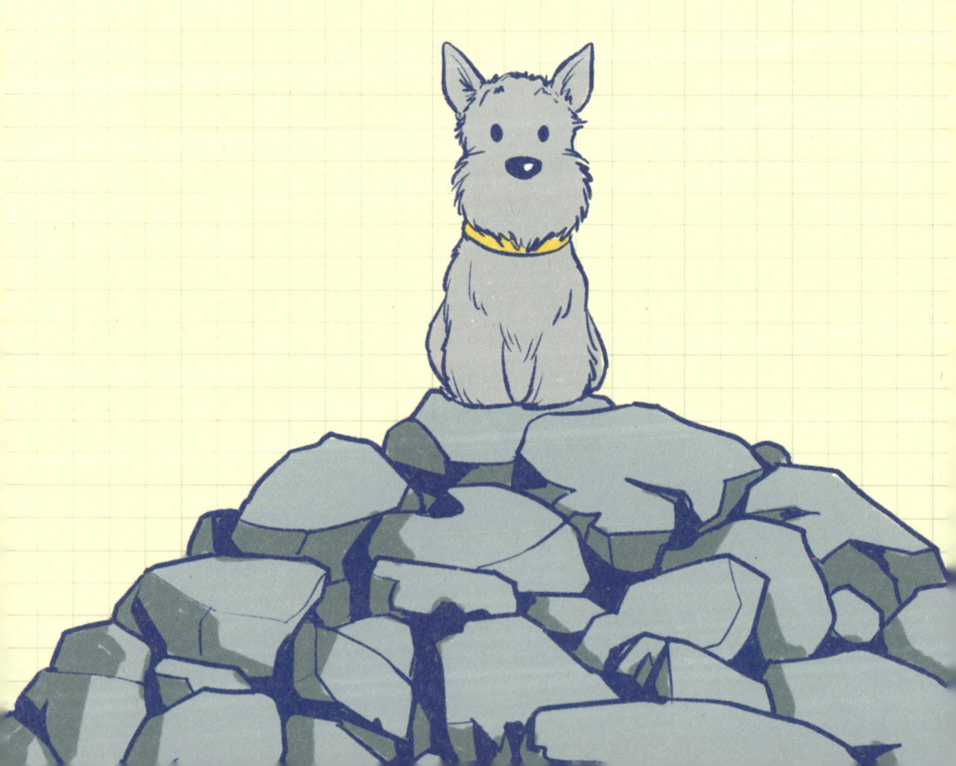

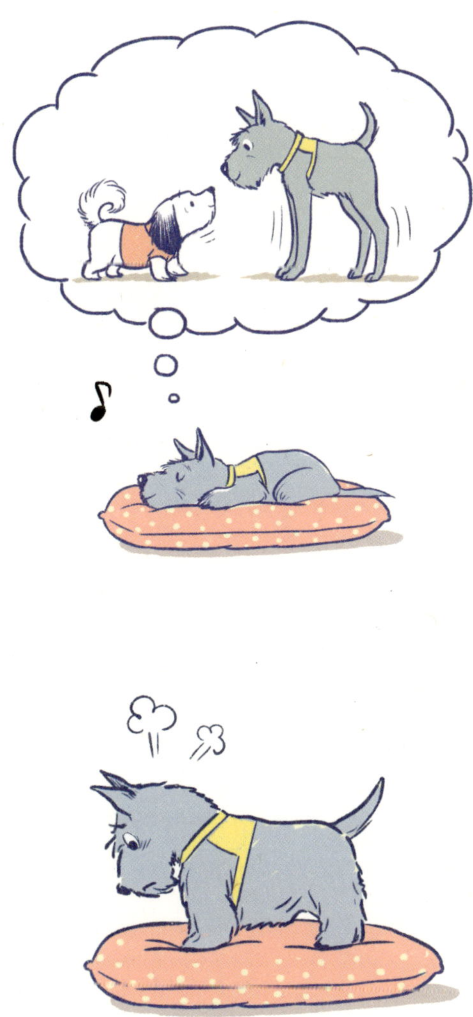

한밤중 장거리 통신

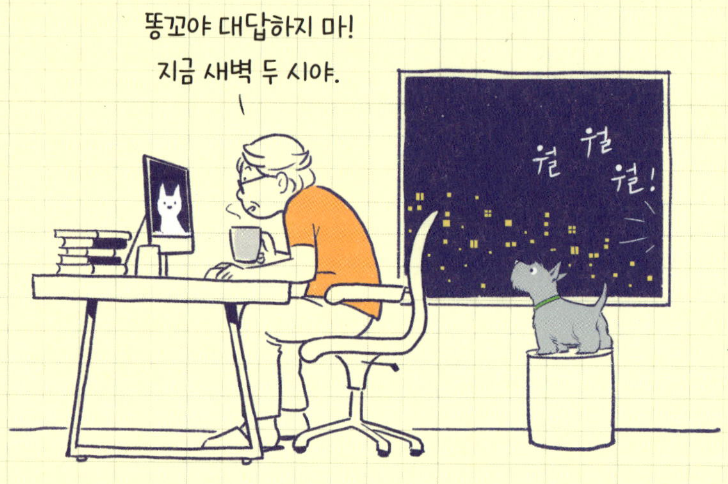

한밤중에 멀리서 개 짖는 소리가 계속 들린다. 이건 우리들의
장거리 통신이다. 평소 가까운 친구와의 대화일 때도 있지만,
대개는 한 번도 본 적 없는 친구와 랜덤으로 장거리 대화를 한다.
오늘 밤 들리는 허스키한 목소리는 떠돌이 개 산초가 틀림없다.
공원에서 몇 번 만난 적이 있는 이 친구는 쾌활한 성격이라
친구도 많아서, 내가 아니어도 여기저기서 화답하는 소리가 들린다.
오늘 대화의 내용은 매우 단순하다. 굳이 인간의 언어로 번역하자면
"나 여기 있어. 넌 어디니?" 정도로 이해하면 될까.

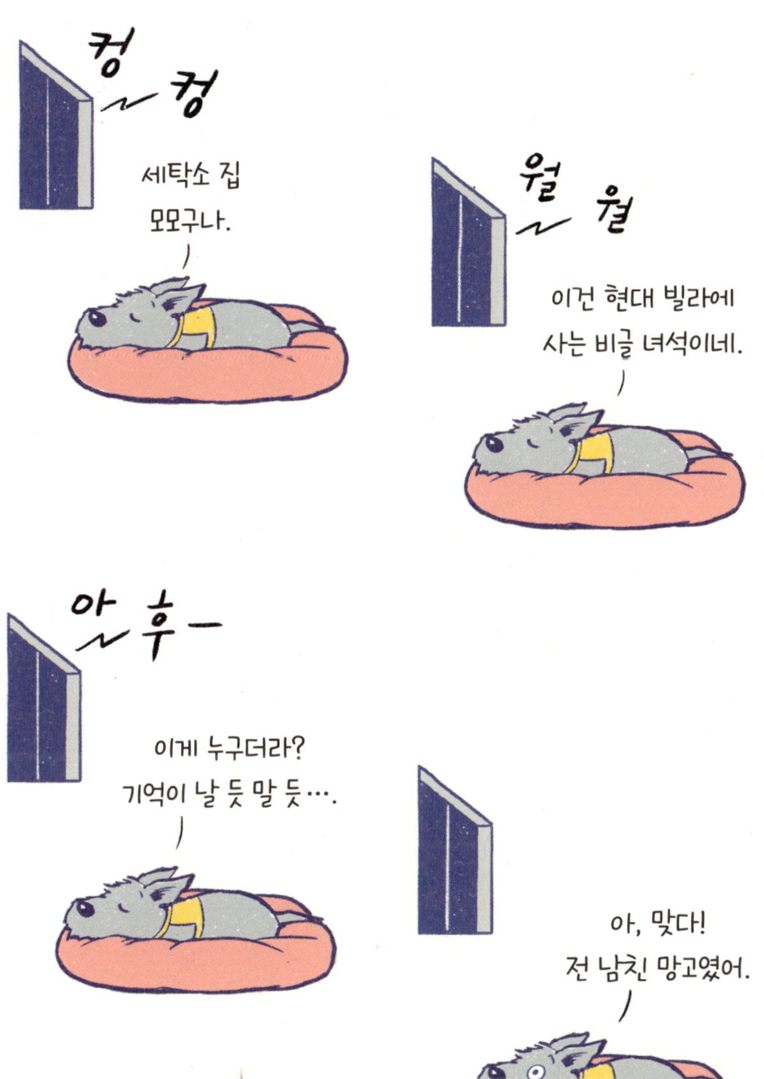

컹 컹
세탁소 집 모모구나.

월 월
이건 현대 빌라에 사는 비글 녀석이네.

앙 후-
이게 누구더라?
기억이 날 듯 말 듯….

아, 맞다!
전 남친 망고였어.

공놀이

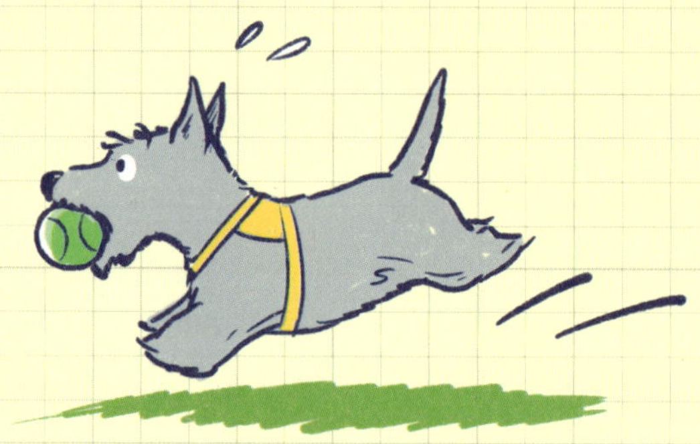

우리는 공을 쫓는 놀이에 최적화된 시력과 신체 조건을 가지고 있다.

우리들의 공놀이는 인간들이 좋아하는 축구와 비슷하다.

그들이 굴러가는 공을 쫓으며 열광하는 것처럼, 우리에게

공놀이는 움직이는 무언가를 잡기 위해 뒤쫓아 달리며

숨어 있는 사냥 본능을 충족시키는 최고의 놀이라 할 수 있다.

나는 가끔 물어 온 공을 하비에게 주기 싫을 때가 있다. 하비에게

공을 빼앗기기 전에, 나의 사냥감을 조금 더 소유하고 싶어서다.

한편으로는 하비가 다시 던져 주기를 원한다. 뛰고 또 뛰고 싶은

마음이 간절하기 때문에. 달리면 행복해지거든!

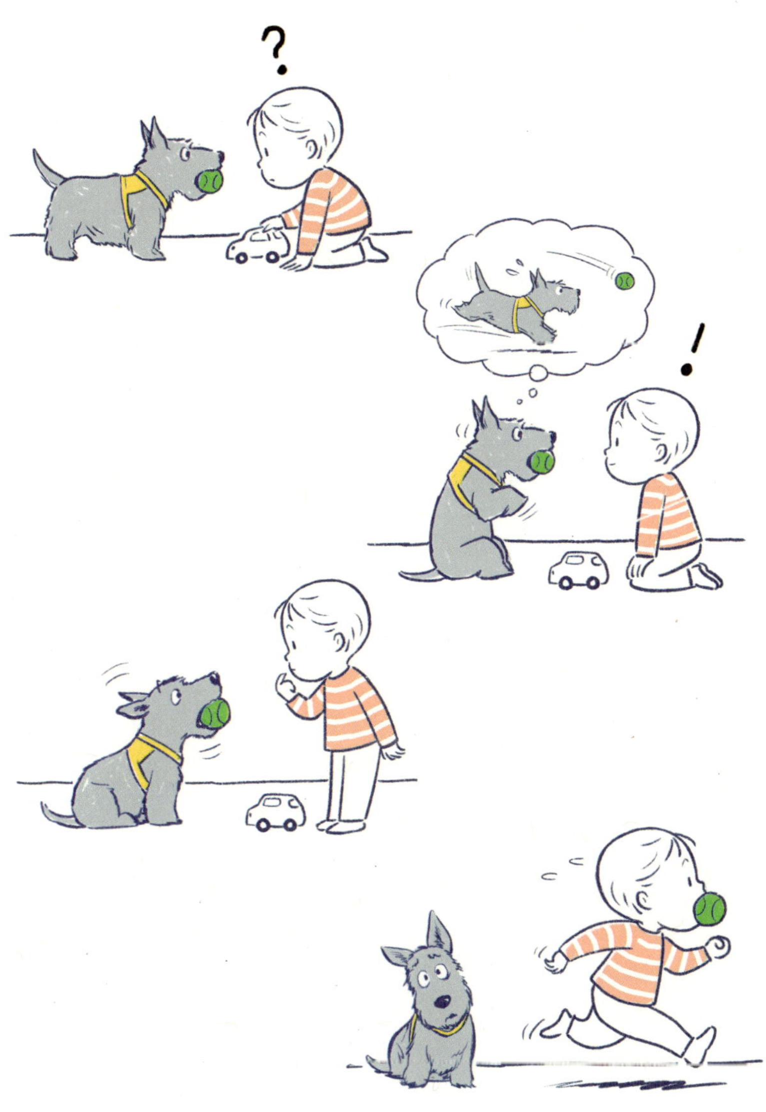

뼈다귀가 주렁주렁

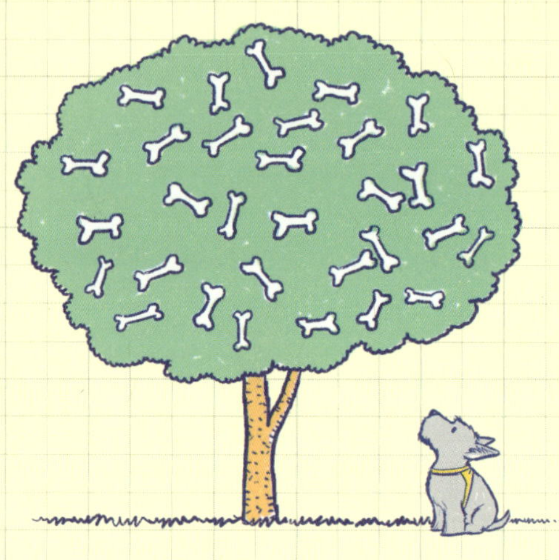

내가 제일 좋아하는 뼈다귀 한 개가 생겼다.

뼈다귀를 보면 나는 늘 갈등에 빠진다. 지금 깨물어 먹을까?

아니면 어디 숨겨 놨다 나중에 꺼내 먹을까?

나는 보관해 두기로 결정했다. 마당 한구석에 구멍을 판 다음

뼈다귀를 묻었다. 잠시 후 비가 내리기 시작했다. 그런데 뼈다귀를

묻은 바로 그곳에서 싹이 돋아나기 시작했다. 싹은 엄청난 속도로

쑥쑥 자라더니 금세 큰 나무가 되었다. 그 나뭇가지에 하얀 열매가

열리나 싶더니 순식간에 바나나만 한 뼈다귀들이 주렁주렁 열렸다.

온 세상이 향기로운 뼈다귀 냄새로 가득했다. 잘 익은 뼈다귀 하나가

내 앞에 툭 떨어졌다. 침을 꿀꺽 삼키며 맛있게 한 입 깨문 순간….

허무했다. 왜 꼭 결정적인 순간에 꿈에서 깨는 걸까?

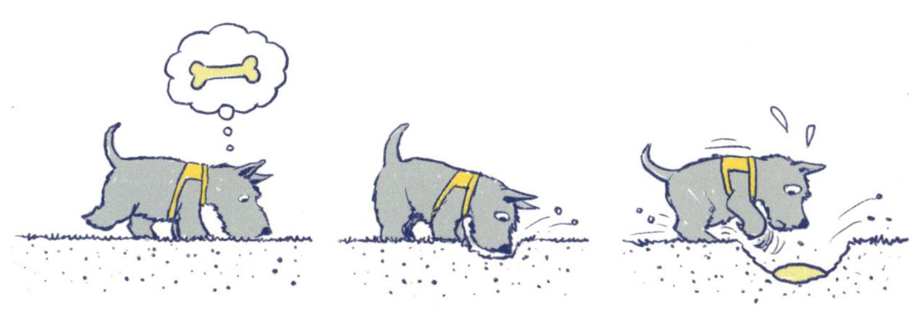

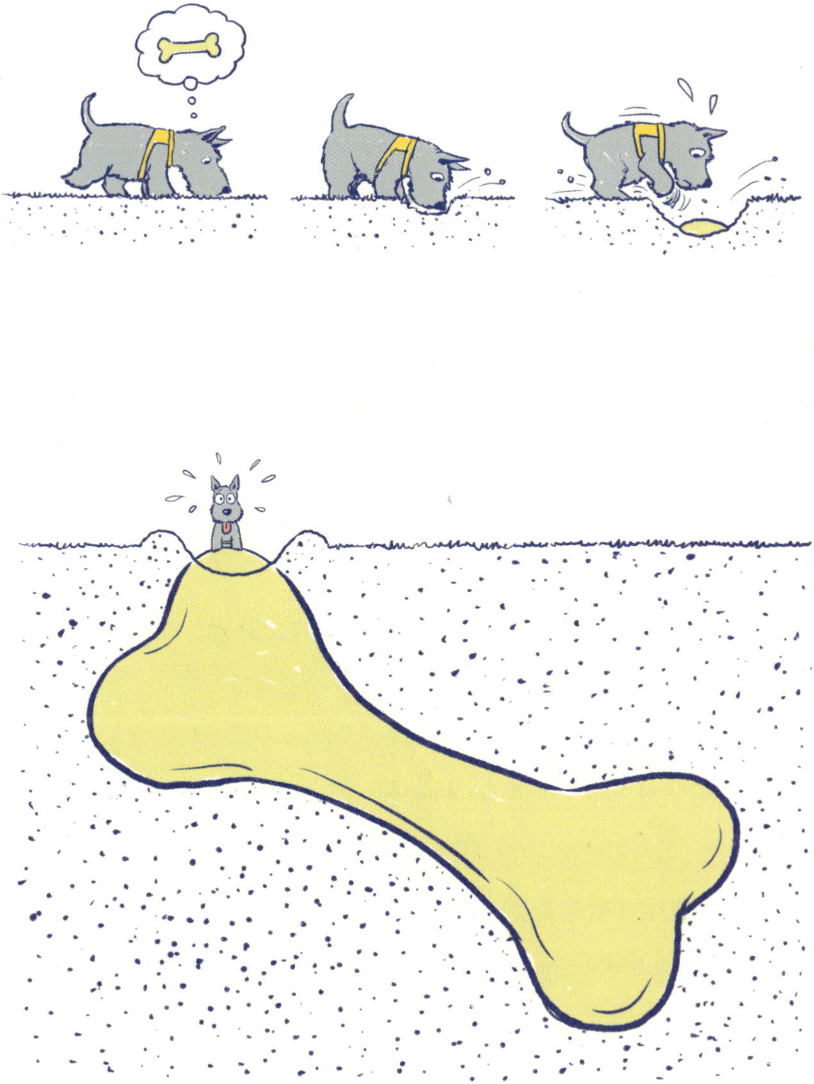

개털은 개성이다

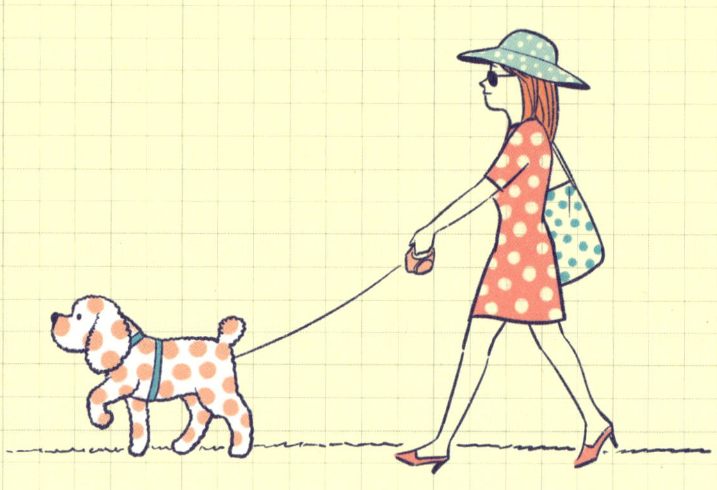

만약 우리에게 털이 없다면 우리는 크기나 무게만으로 분류되었을 것이다.

발바닥을 제외한 온몸이 털로 덮여 있는 우리에게 털의 색깔과 길이는

우리의 정체성을 가장 분명하게 드러낸다. 인간이 피부색으로 인종을

구분하듯, 특히 털의 색깔은 우리의 개성을 구분 짓는 가장 중요한 요소다.

조상들이 살아온 지역의 기후 환경에 따라 털의 형태나 색깔은 각각

다르게 진화해 왔고, 그것은 정체성을 보여 주는 고유의 특징이 되었다.

많은 인간이 우리의 털을 하나의 패션 아이템으로 여기거나, 아무 때나

갈아입을 수 있는 옷 정도로 생각하기도 한다. 자신의 머리카락을

자르고, 볶고, 탈색, 염색하는 건 우리와 상관없지만 아끼고 사랑하는

반려견에게까지 그렇게 하지는 말았으면 좋겠다. 인간들 눈에는

예뻐 보일 수 있지만 내 눈에는 마치 고문의 흔적처럼 보일 뿐이다.

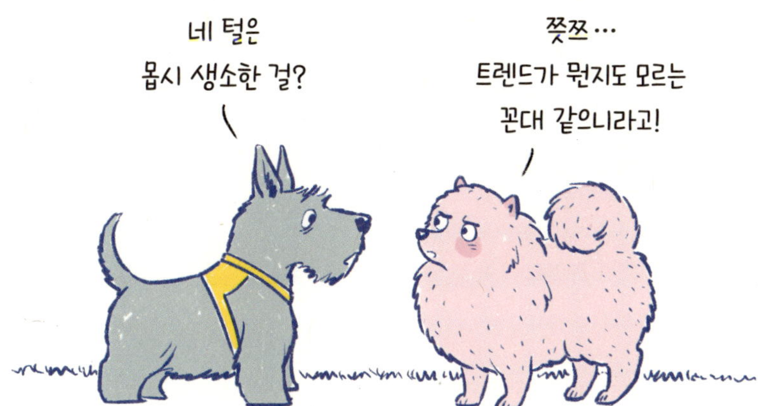
네 털은
몹시 생소한 걸?
쯧쯧…
트렌드가 뭔지도 모르는
꼰대 같으니라고!

패션 아이템 목줄

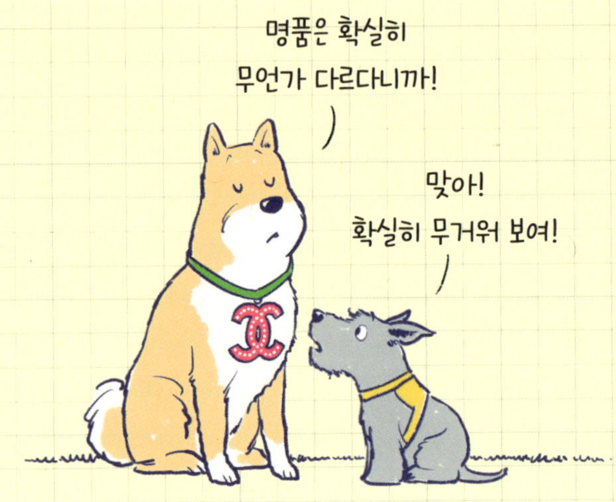

예전의 목줄은 우리에게 심리적인 안정감을 주고 반려인과 우리를 연결시켜 주는 기능을 했다. 그런데 요즘은 반려인의 과시용 패션 아이템으로 바뀌었다. 온갖 화려한 색감과 재질, 거북해 보일 정도의 장식을 달아서 부잣집 개라는 티를 내고 싶어 한다.
반려인을 위한 과시인지 반려견을 이용한 자랑인지….
머잖아 틀림없이 온갖 디지털 기능이 탑재된 스마트 목줄이 등장할 거 같다. GPS를 활용한 네비게이션 기능이 있어 산책할 때 일일이 냄새를 맡지 않아도 길을 안내하고 집을 찾아갈 수 있는 장치가 내장되어 있을 수도 있겠다. 그런데 그게 우리한테 무슨 의미가 있을까.

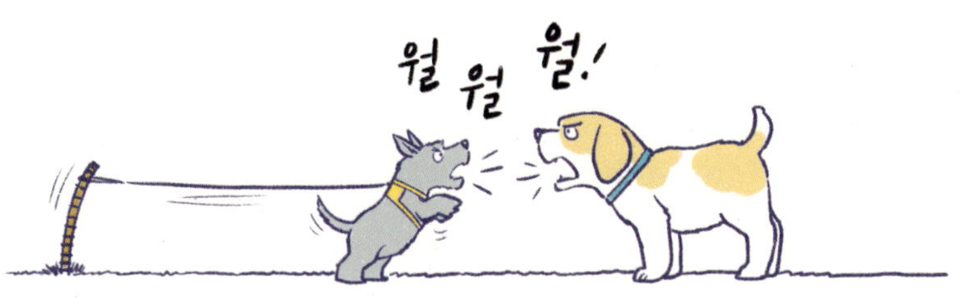
월 월 월!

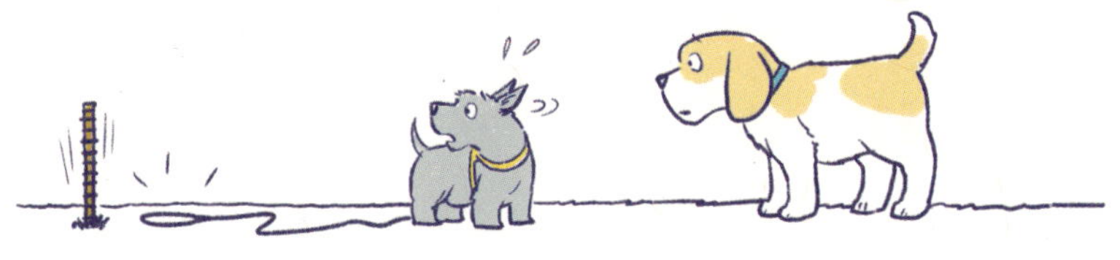

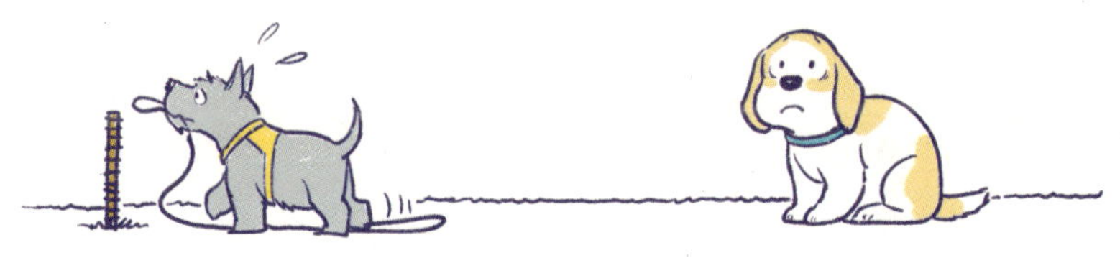

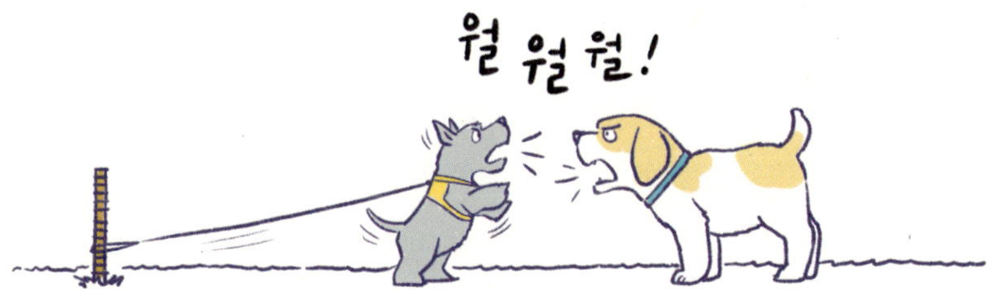
월 월 월!

간식

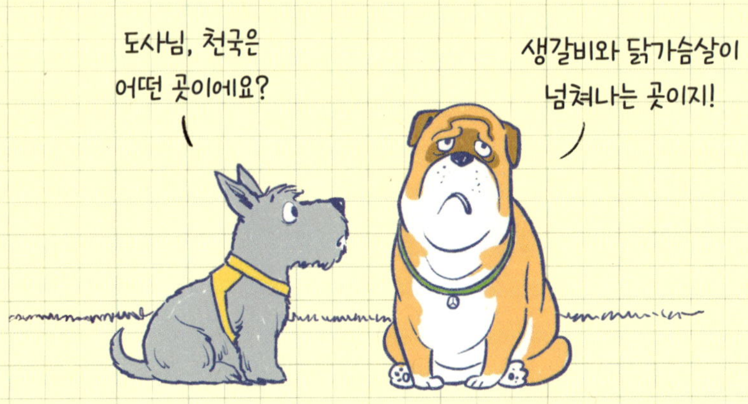

우리가 살면서 그나마 살맛을 느끼는 시간은 바로 간식 시간이 아닐까.
재료에 따라 고기 간식과 채소 간식, 식감에 따라 꿀꺽 형과
질근질근 형으로 나눌 수 있다. 가끔 포장부터 그럴듯한 유기농 수제
간식류를 선물 받기도 하는데 실제로 먹어 보면 별로인 경우가 많다.
무슨 성분이 우리 몸에 좋다지만, 솔직히 간식은 간식일 뿐 영양가는
중요치 않다. 우리가 먹는 사료 자체가 대부분 완전 영양식인데 굳이?
내 최고 간식은 영양과 식감을 둘 다 충족하는 닭가슴살이다.
생닭가슴살을 건조기에 말려 육포 형태로 만드는 하비의 초간단 간식
레시피는 건조 시간에 따라 식감과 씹는 시간이 달라져 다양한 맛이
나온다. 나는 적당히 쫄깃하고 씹었을 때 육즙이 살짝 배어 나오는
정도가 가장 좋다. 하비의 레시피 중 길게 썰어 말린 고구마에
닭가슴살을 둘둘 말아 갈비처럼 보이게 만든 간식도 좋다!
약 10분 정도 행복한 시간을 보낼 수 있는데…. 침 나온다.

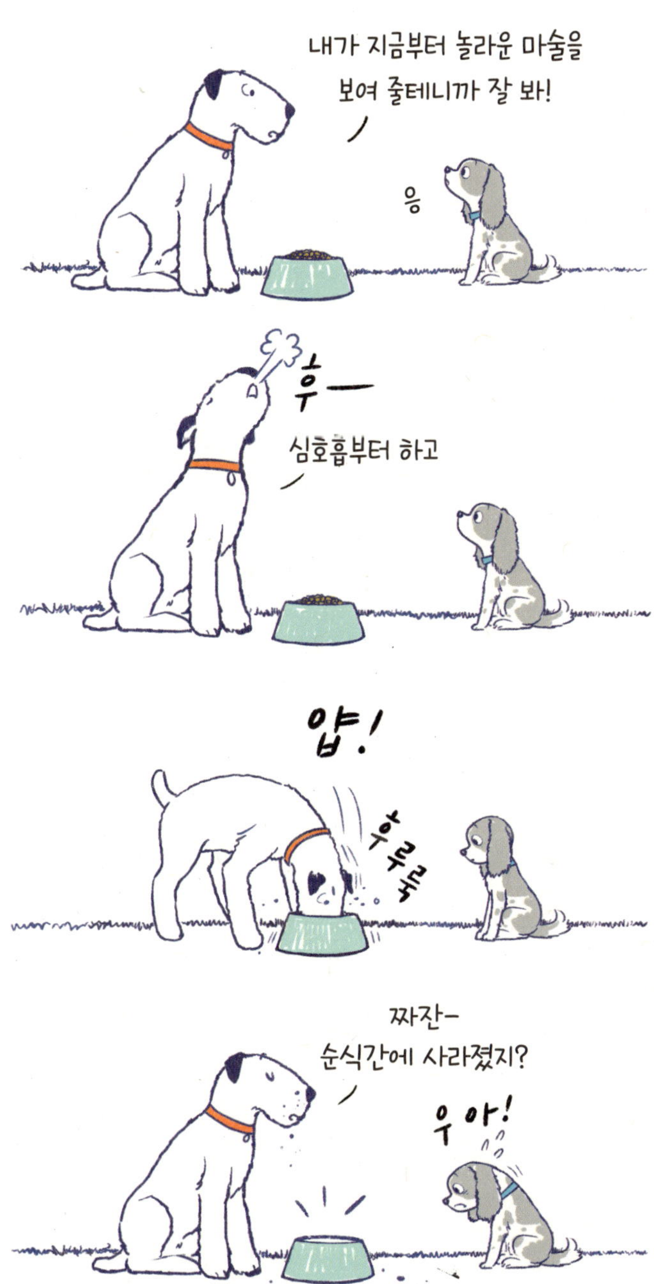

내가 지금부터 놀라운 마술을
보여 줄테니까 잘 봐!
응
후—
심호흡부터 하고
얍!
우루룩
짜잔—
순식간에 사라졌지?
우아!

지루함

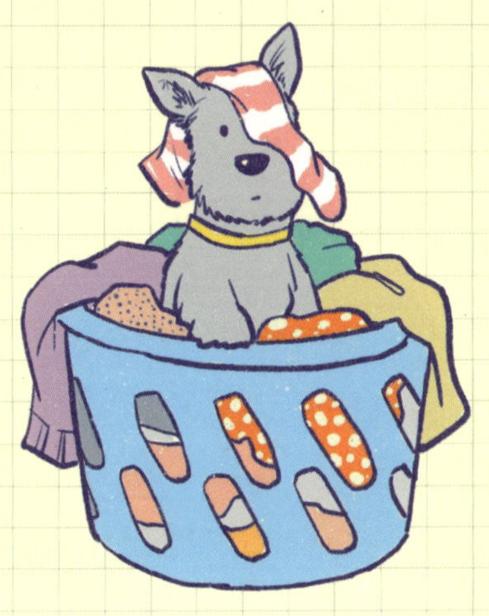

내가 가장 견디기 힘든 것 중 하나가 지루함이다. 아무것도 할 게 없다는 것은 고통에 가까운 일이다. 인간이라면 이 지루함을 극복하기 위해 여러 가지 취미를 개발해서 시간을 보내겠지만, 나에게 허용된 취미는 씹어도 씹어도 목 넘김이라고는 없는 개껌 씹기 정도가 고작이다.

지루함의 다른 표현은 바로 스트레스다. 결국 나는 스스로 이 스트레스를 극복하기 위해 무언가를 행동으로 옮기곤 하는데, 그 결과가 대부분 기물 파손이나 어지럽히기로 나타난다. 결국 칸막이 우리가 등장하고, 베란다나 골방에 감금당하기도 하고. 우리의 행동반경은 점점 좁아지고, 가중처벌로 인해 형량은 늘어난다! 심심함을 어쩌라고요….

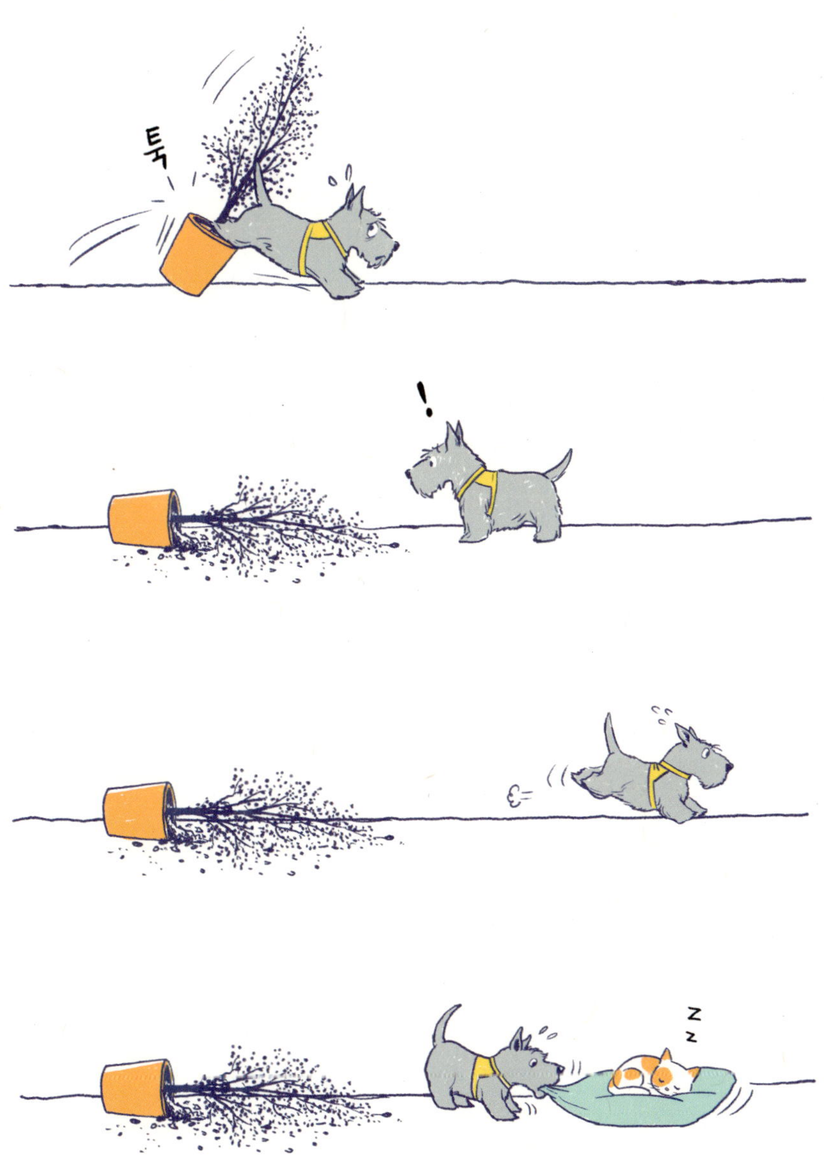

툭
!
Z
Z

지루할 땐··· 쓸데없는 일 하기!

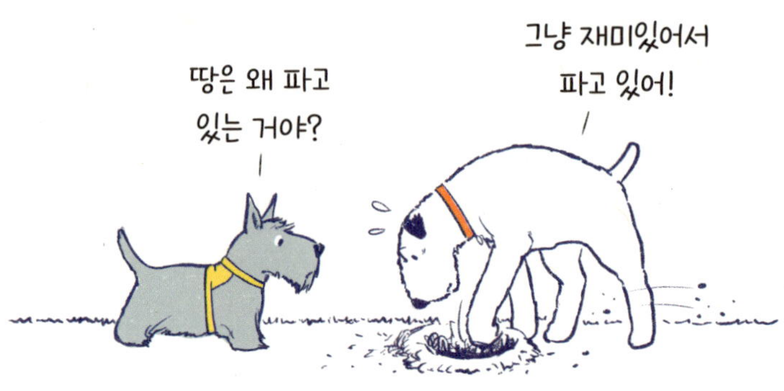

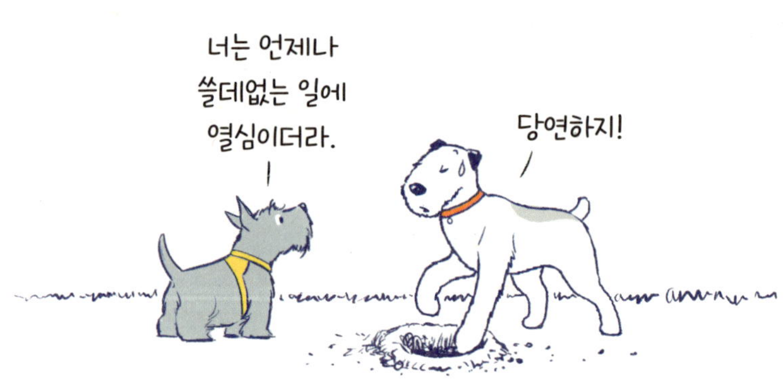

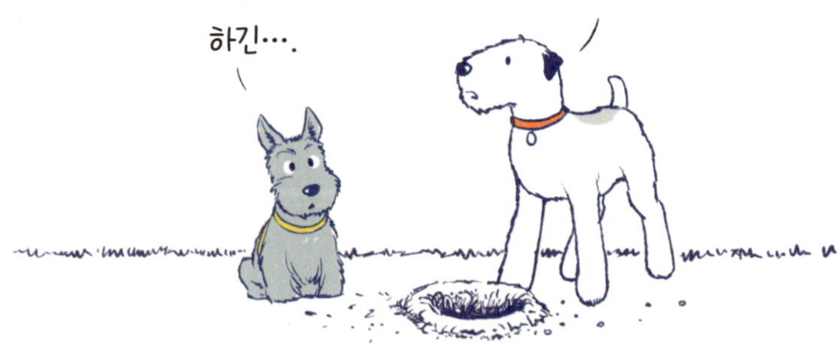

지루할 땐… 숫자 세기!

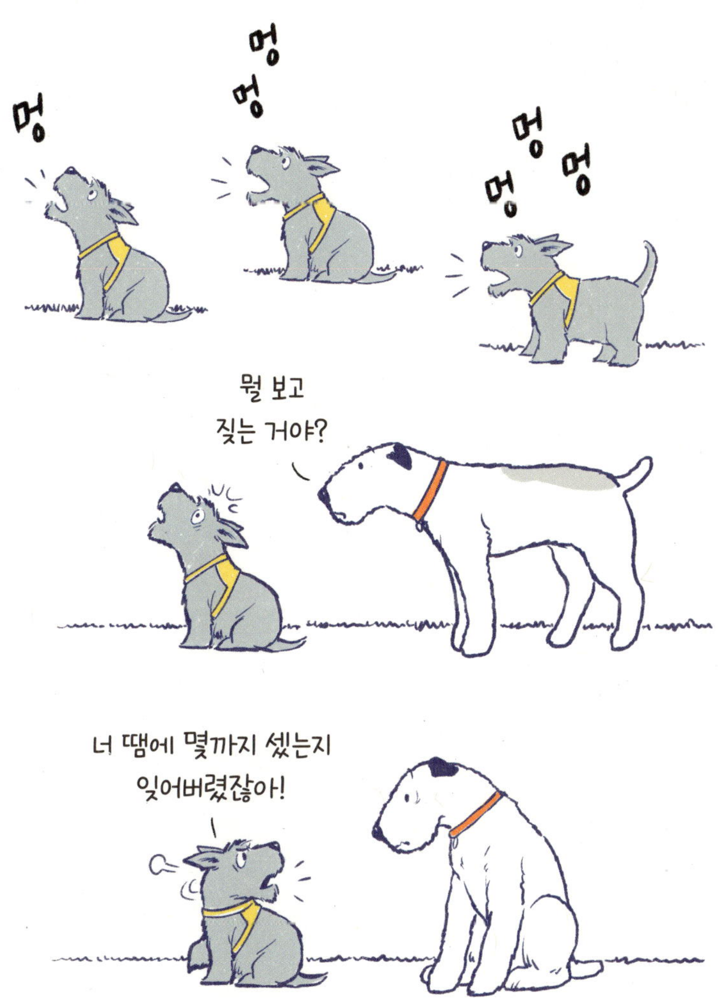

감기

하루 종일 비가 내린다. 우리는 인간보다
더욱 민감하게 날씨에 영향을 받는다. 따뜻하면
활동량이 많아지고, 추워지면 꼼짝하기 싫을 만큼
활동성이 떨어진다. 여름에는 더 많은
칼로리가 필요해서 식욕이 왕성해지고,
겨울에는 잠자는 시간이 길어진다.

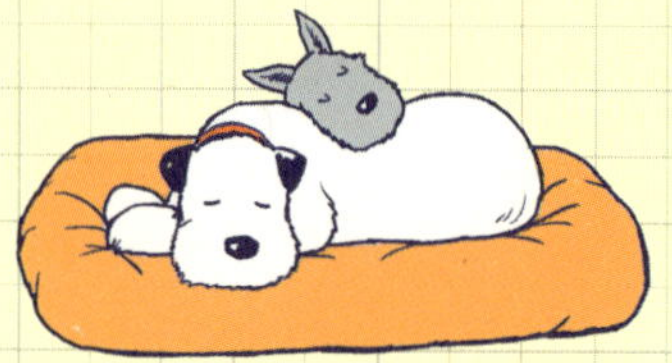

요즘 같은 장마철은 우리에게 최악의 계절이다.
높은 습도에 갑자기 기온이 떨어지면 면역력이
급격히 떨어지고 자칫 비를 맞아 털이 젖으면
체온까지 내려가 감기에 걸리기 십상이다.
특히 비에 취약한 몸집이 작은 친구들은
감기로 불과 며칠 만에 목숨을 잃기도 한다.

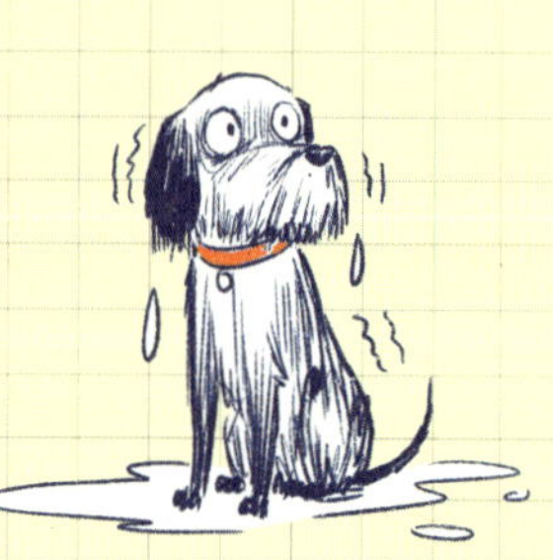

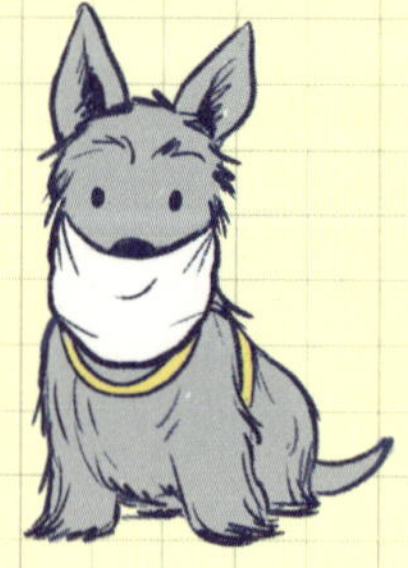

인간의 감기는 우리에게 전염되지 않는다.
우리가 걸리는 감기 또한 인간과 무관하다.
바이러스의 종류가 다르다나. 몇 년 전
온 식구가 차례로 코로나를 앓았지만
망치와 나는 무사했던 걸 봐도 알 수 있다.

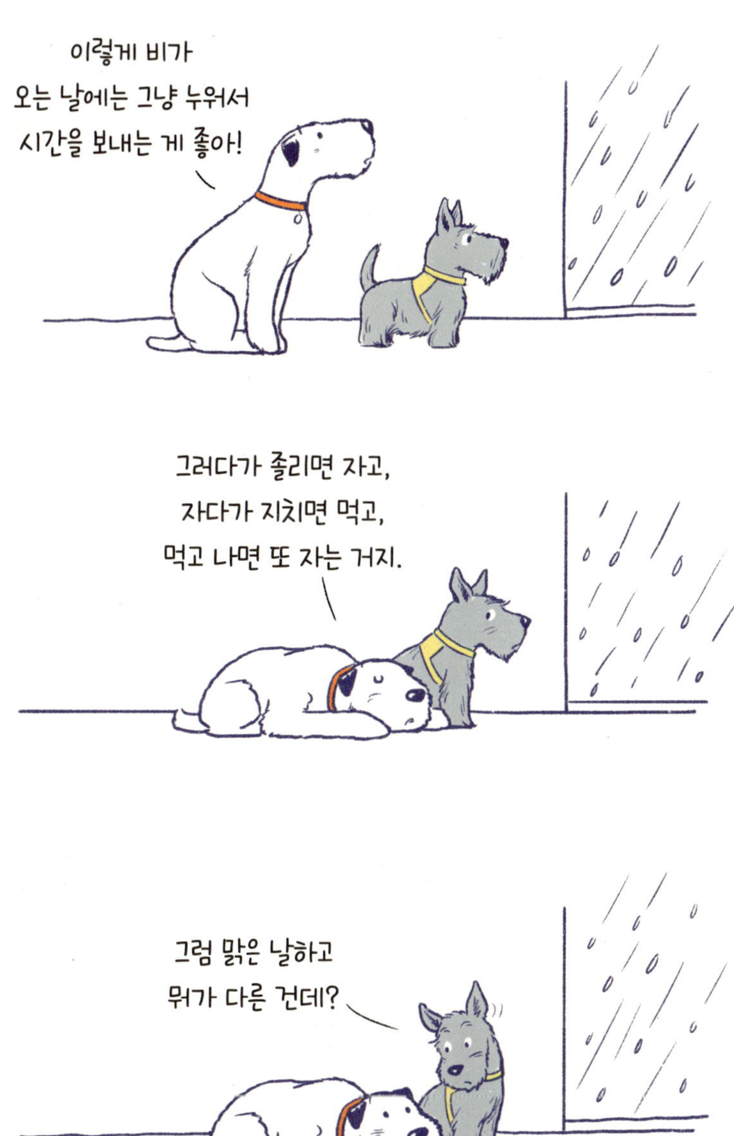
이렇게 비가
오는 날에는 그냥 누워서
시간을 보내는 게 좋아!
그러다가 졸리면 자고,
자다가 지치면 먹고,
먹고 나면 또 자는 거지.
그럼 맑은 날하고
뭐가 다른 건데?

기분 좋음, 기분 나쁨

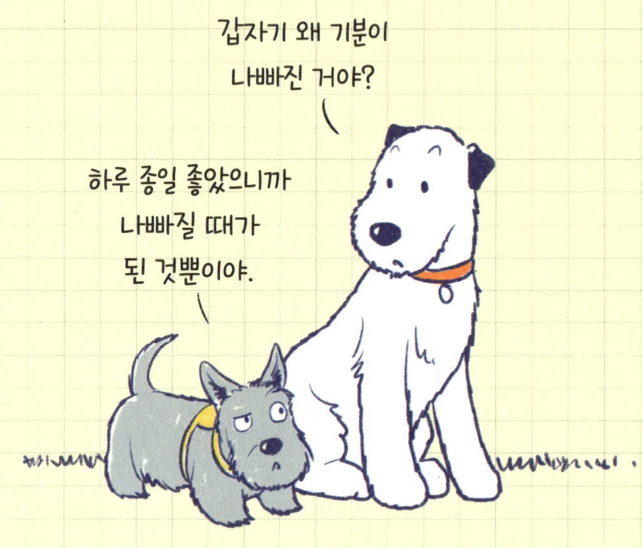

감정은 올라간 만큼 내려가고, 내려간 만큼 올라간다. 그 기복이

너무 심하면 조울증이라는 병이다. 시간으로 따지면 일정 시간

올라간 상태였다면, 그 시간만큼 내려가야 감정의 균형이 맞는 거다.

우리는 감정을 대개 '기분 좋음'과 '기분 나쁨'으로 나누지만,

실제로는 하루 중 대부분이 기분이 좋지도 나쁘지도 않은 상태다.

내가 기분이 좋을 때는 상대방의 상태도 좋은 상태로,

내가 기분이 나쁠 때는 나쁜 상태로 착각할 때가 많다.

부정적인 기분에 휩싸였을 때 스스로 좋지 않은 상태임을 감지할

수 있다면 그런 착각은 하지 않겠지?

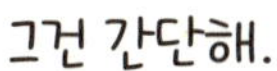
그건 간단해.

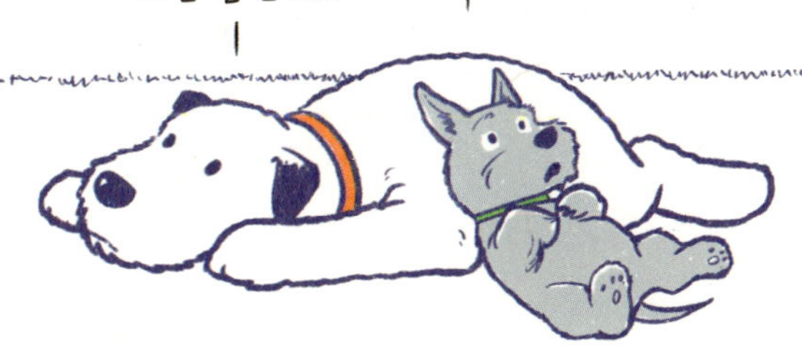
망치야! 너는 계속
기분이 우울할 때
어떻게 해결해?

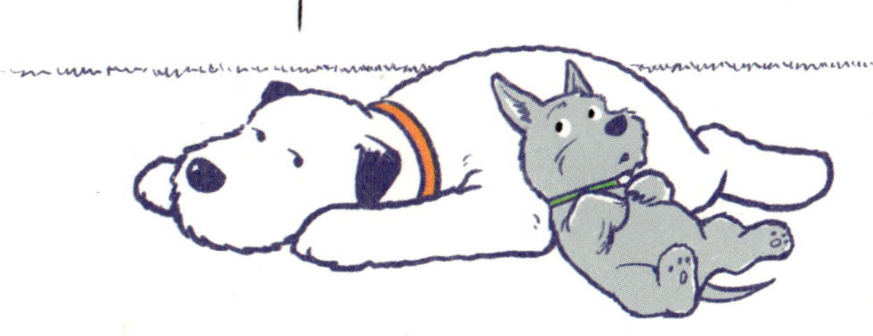
'내가 지금 기분이 우울하구나'
라는 생각을 하면 돼!

우리에게도 마음이란게 있어요!

우리는 오래전부터 인간과 살아오며 그들의 감정을 읽는 능력을 발전시켜 왔다. 문제는 아직도 많은 인간이 우리의 감정을 파악할 줄 모르거나 별로 알고 싶어 하지 않는다는 거다. 인간이 말을 대신하는 우리의 몸짓 언어를 조금이라도 이해하려고 노력한다면 서로의 감정에 공감할 수 있고, 신뢰도 깊어질텐데. 그런 의미에서 인간이 잘 모르는 우리만의 몸짓 언어를 정리해 볼까? 물론 인간의 언어가 나라마다 다른 것처럼 우리의 몸짓 언어도 모든 친구에게 똑같이 적용되는 건 아니다.

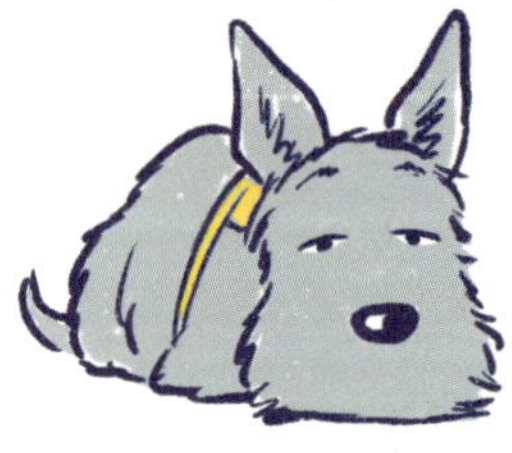

눈을 가늘게 뜰 때

대개 기분이 좋거나 편안한 마음 상태를 나타냄. 하지만 이 상태가 오래 지속되면 건강 이상 신호일 수 있음.

외면할 때

시선을 피하는 행동은 대표적인 카밍 시그널. 싸울 생각이 없다는 뜻.

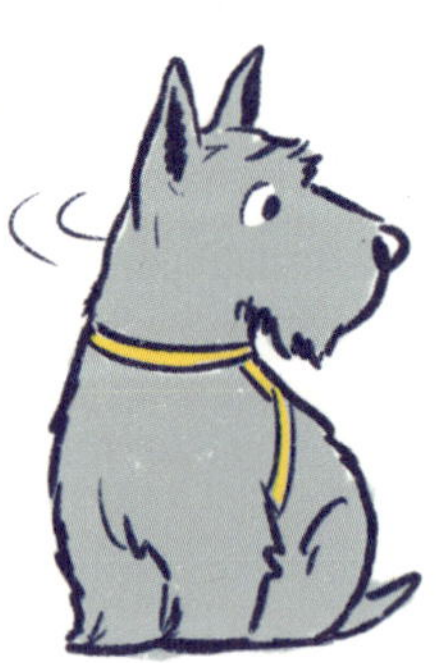

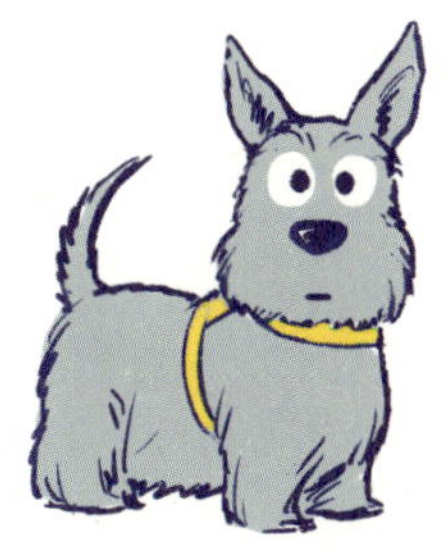

눈을 맞출 때

뭔가 요구 사항이 있다는 표시.
하지만 지나치게 눈 맞춤을 많이 하는
친구들은 불안 장애가 의심됨.

고개와 꼬리를 바짝 세울 때

자신감을 보이는 태도.
송곳니가 드러나면 경계 신호임.

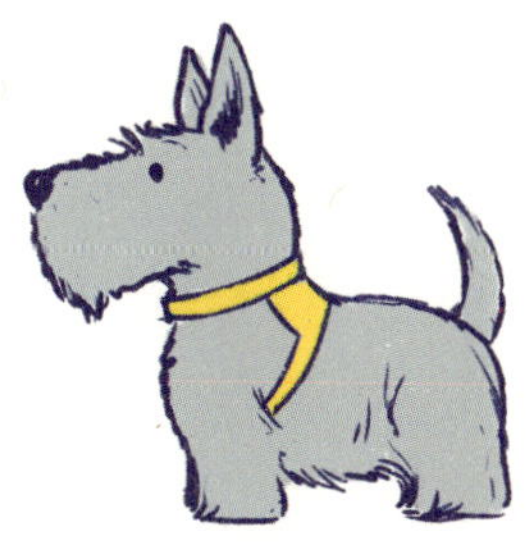

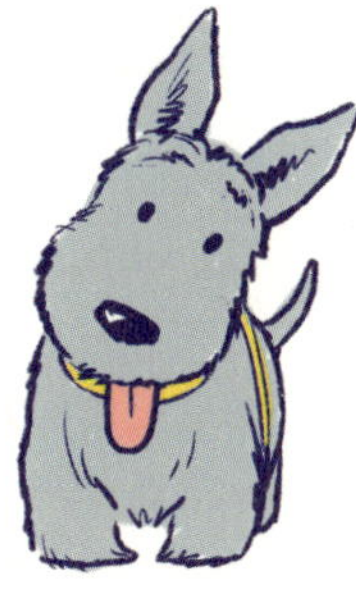

혀를 날름거릴 때

습관적으로 혀를 날름거리는 경우를 제외하면
불안하거나 긴장 상태라는 표시.

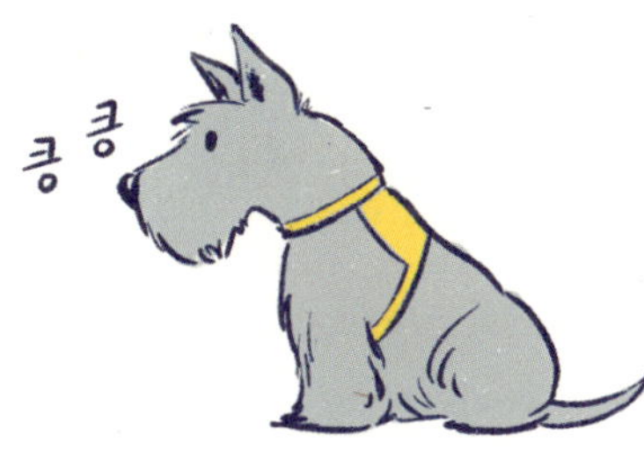

킁킁하는 콧소리를 낼 때

뭔가를 조심스럽게 요구하는 신호.

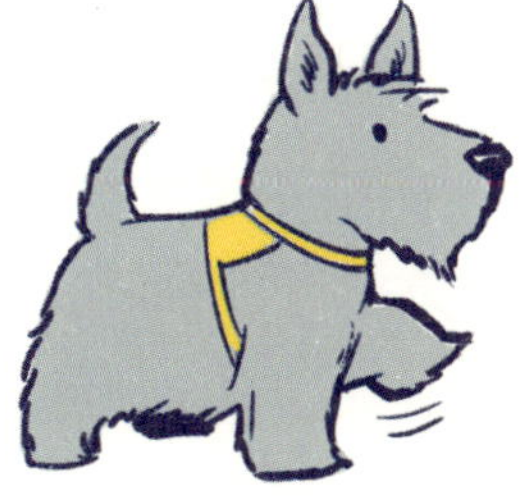

한쪽 발을 들 때

내가 지금 불안한 상태로
스트레스를 받고 있다는 표시.

공감 능력

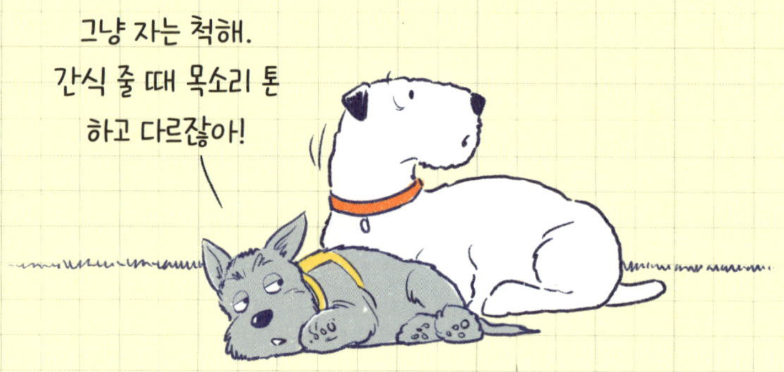

우리는 인간의 표정과 목소리의 톤을 통해 감정을 파악한다.

오랜 세월, 우리가 인간의 가장 가까운 친구로 인정받고 함께 살아올 수

있었던 것도 바로 우리가 스스로 키워 온 공감 능력 덕분이 아닌가 싶다.

인간이 온화한 표정으로 부드러운 목소리를 내면 긍정적 신호이고,

화가 났거나 찡그린 표정으로 날카롭고 거친 목소리를 내면

부정적 신호로 받아들인다. 긍정적 신호에는 다가가게 되고,

부정적 신호에는 일단 멀어지는 게 유리하다고 판단한다.

가끔 혼란이 발생하기도 하는데, 표정과 목소리가 일치하지 않을 때다.

예를 들어 얼굴은 웃는 표정인데 목소리 톤은 위협적으로 들릴 경우에

둘 중 어떤 신호가 더 중요한지를 파악하느라 우리의 머리는 복잡해지고,

이러지도 저러지도 못하는 어정쩡한 행동을 하게 된다.

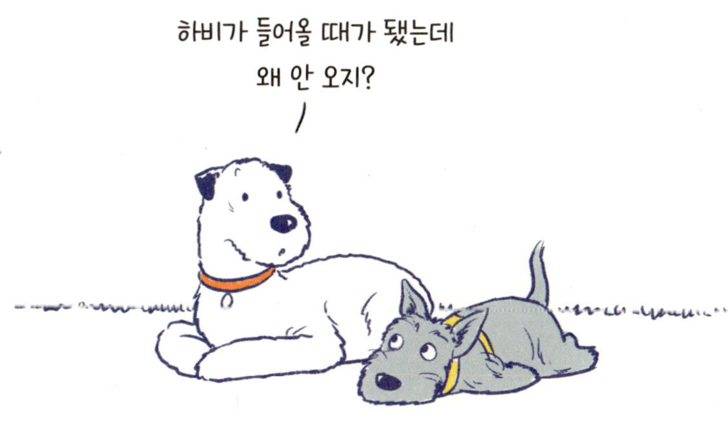

하비가 들어올 때가 됐는데
왜 안 오지?

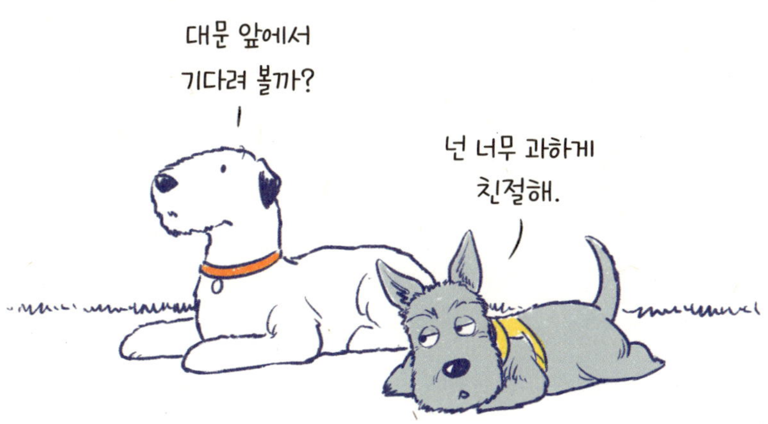

대문 앞에서
기다려 볼까?
넌 너무 과하게
친절해.

잠잘 때 가장 사랑스러워!

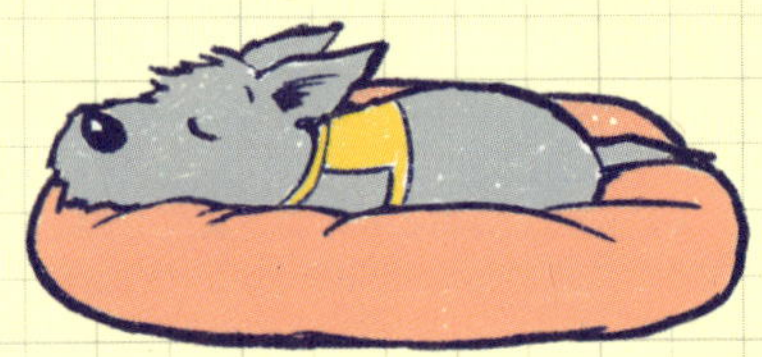

하비는 종종 내가 잠잘 때 가장 사랑스럽다고 말한다.

그 말은 깨어 있을 때는 사랑스러움을 느끼기 어렵다는 뜻인가?

깨어 있다는 것은 욕구와 감정이 드러난다는 것을 의미한다.

가까운 곳에 있는 대상이 나와 다른 욕구와 감정을 드러낼 때

그건 스트레스가 될 수 있다. 그러니까 하비는 내가 스트레스를 주지

않는 상태일 때만 사랑스럽게 느껴진다는 거 아닌가. 그러고 보면

인간들이 왜 우리가 바보같이 굴수록 더 좋아하는지, 왜 우리의 송곳니를

불편해하는지 이해할 수 있겠다. 인간의 아기는 욕구가 충족되지 않거나

감정이 상할 때 소리 내어 울 뿐이지만, 우리는 행동으로 드러낼 수 있기

때문이다. 우리를 아기의 개념으로 보고 싶어 하는 인간들에겐 불편한

사실이다. 하비는 나를 사랑하는 게 아니라 나의 바보스러움만

사랑하는 건 아닌지. 인간의 사랑은 자기중심적이란 생각이 들 수밖에!

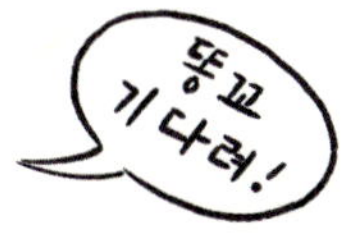

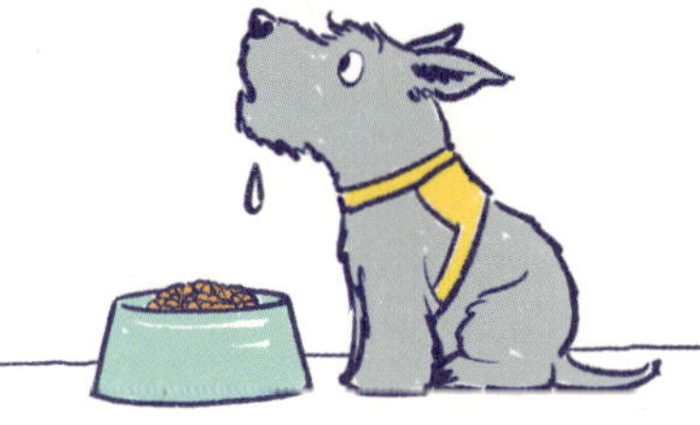

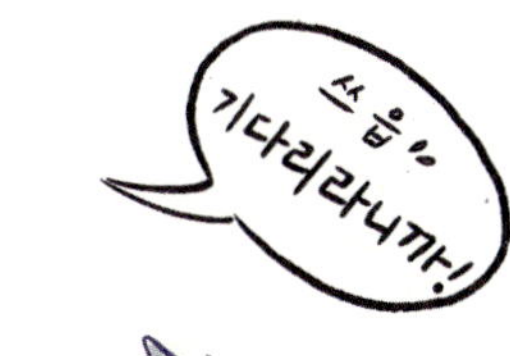

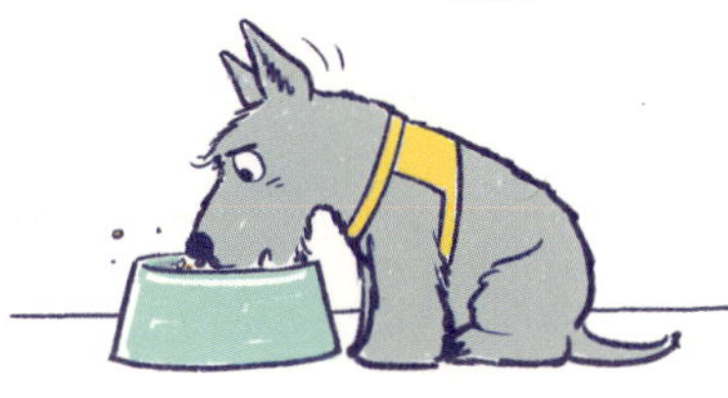

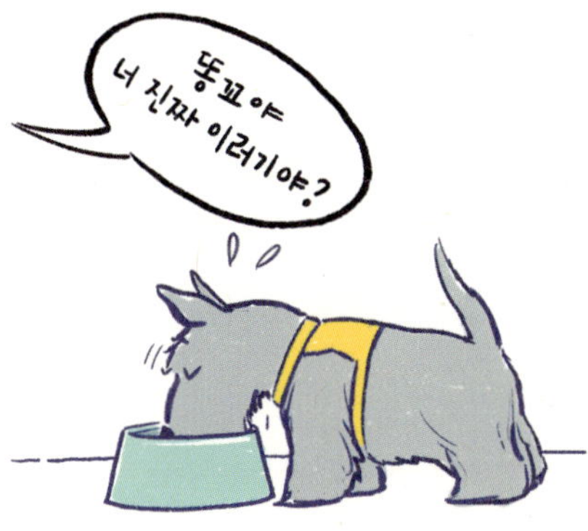

이거 보세요!
내 나이가 지금 몇인데
강아지 복종 훈련을
시키는 겁니까? 이제는 좀
편하게 갑시다!

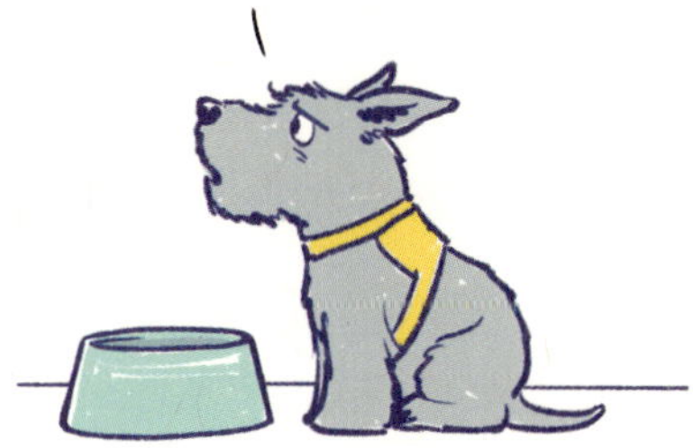

순종견, 믹스견

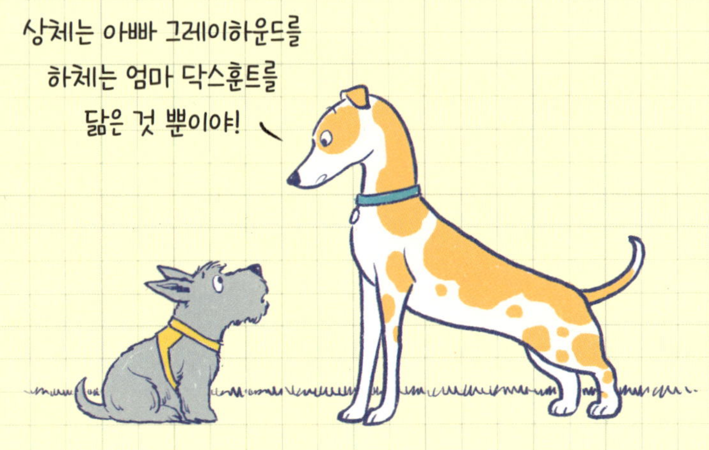

나는 이 세상에 진정한 순종은 존재하지 않는다고 생각한다. 인간이
목적을 위해 개량하여 만들어 낸 품종을 다른 혈통과 피가 섞이지 않도록
격리해 관리함으로써 품종에 '순종'이라는 개념이 생겼다. 개들이 자유롭게
짝짓기하던 시절에는 대부분 믹스견이었고, 요즘은 순종 같은 믹스견,
믹스견 같은 순종도 많이 등장하고 있다. 순종 친구들은 일정한 패턴이
있어서 성장 과정을 예측할 수 있지만, 믹스견은 예측이 불가능해서
강아지 때의 모습과 어른 개가 되었을 때의 모습이 완전히 달라질 수
있다. 성격적으로 보면 순종에 비해 믹스견 친구들이 더 다양한 개성으로
커 나갈 가능성이 크다. 나는 순종견으로 태어났지만, 믹스견이
부러울 때가 많다. 이 세상에 나랑 똑같이 생긴 녀석들이 수만 마리나
살고 있다고 생각하면 왠지 자존감이 떨어지는 기분이 든다.

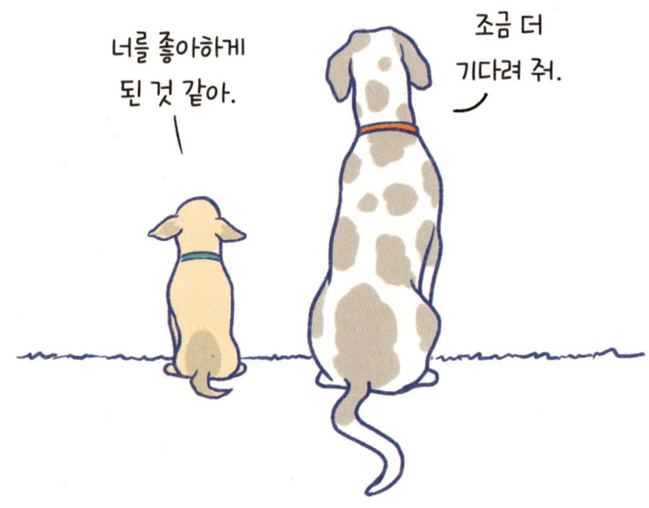

너를 좋아하게
된 것 같아.
조금 더
기다려 줘.

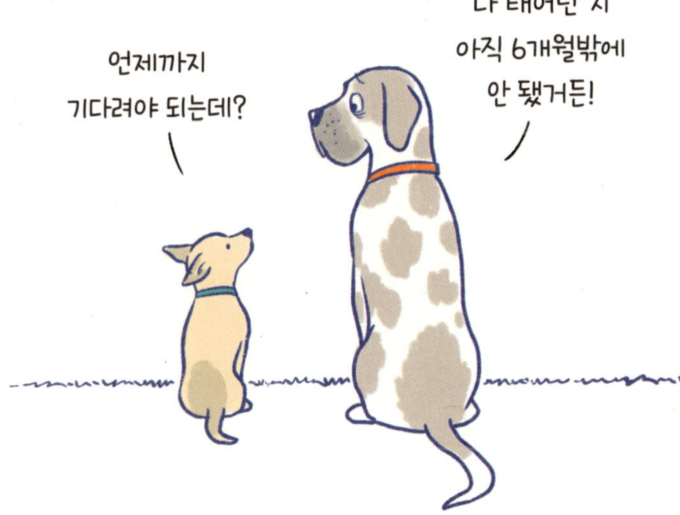

언제까지
기다려야 되는데?
나 태어난 지
아직 6개월밖에
안 됐거든!

짖을 수 없는 개

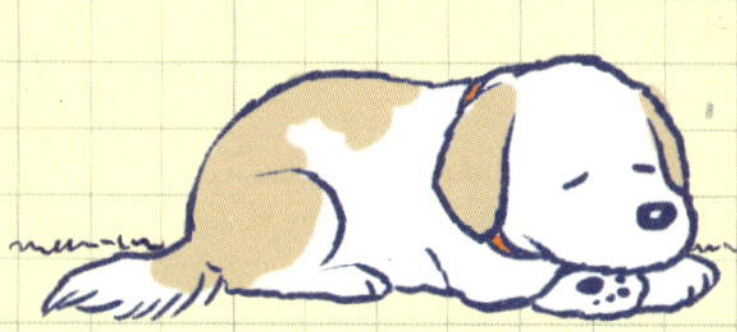

성대 수술을 받은 모리는 더 이상 짖을 수 없는 개가 되었다.

무어라 짖기는 하는데 알아들을 수 없는 '헐헐'하는 소리만 난다.

모리는 목소리를 잃어버리면서 명랑함도 함께 잃어버린 듯 무기력해

보인다. 짖음은 우리의 유일한 언어고 멀리 있는 친구들과 소통하는

유일한 수단이다. 반려인이라면 누구나 우리에게도 감정이 있다는 것을

알고 있을 거다. 감정이 있으면 그것을 표출하고 싶은 욕망도 당연히

존재한다. 짖고 싶은 개의 욕망은 조용히 살고 싶은 인간의 욕망과 충돌하고

결국 파양 아니면 수술이라는 극단적 선택만 남게 된다.

혹시 모리처럼 성대 수술을 받는 개들이 늘어나면 나중에는 중성화

수술처럼 당연한 수술로 행해지는 건 아닐까 두려움이 든다.

꼬리를 흔들며 애교를 부리고 얌전히 잠만 자는 반려견을 기대했다면

누군가의 반려인이 될 자격이 없는 거 아닌가?

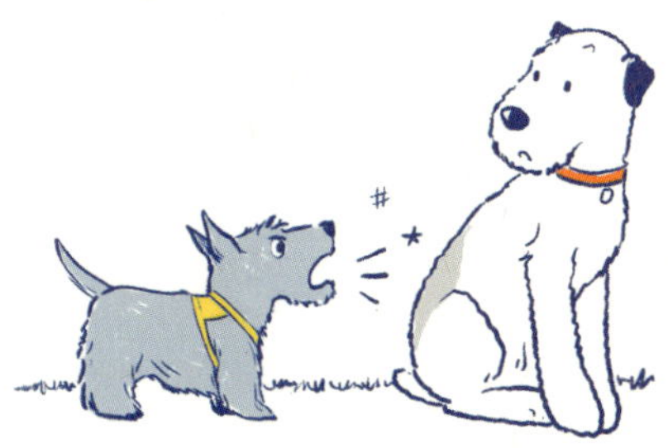

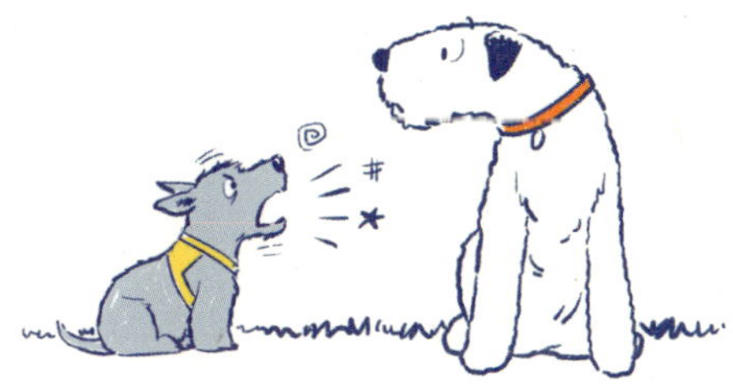

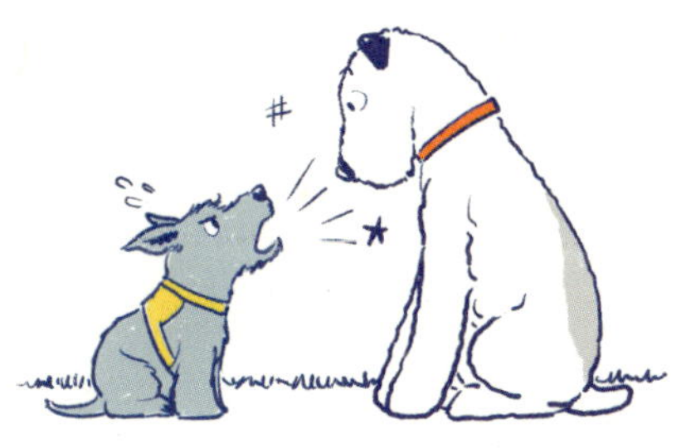

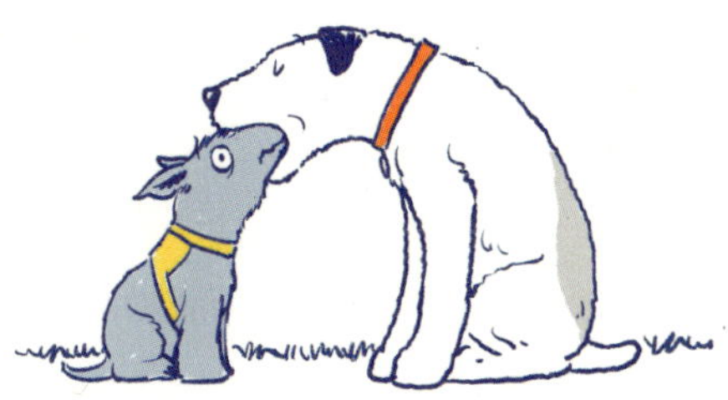

유기견 빙수

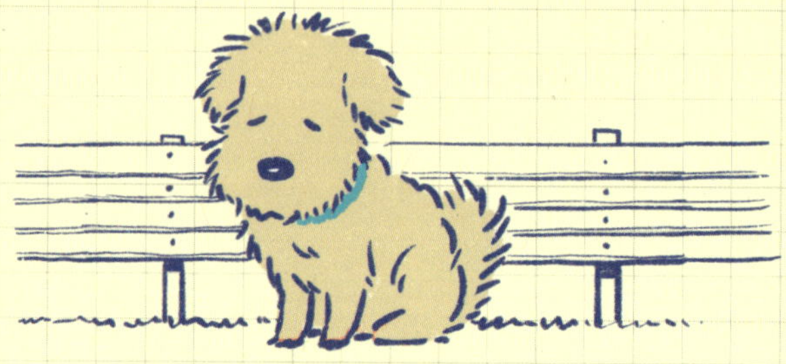

태어난 지 5개월 된 어린 빙수는 처음으로 온 가족과 함께
자동차를 타고 여름휴가를 떠났다. 출발한 지 얼마 되지 않아
차 안에서는 알 수 없는 이유로 싸움이 시작되었다. 남자와 여자는
서로 화를 내며 소리를 질러 댔고 아이의 울음도 그치지 않았다.
운전하던 남자가 갑자기 차를 세웠다. 손을 뻗어 조수석 문을 열더니
여자의 무릎에 앉아 있던 빙수를 도로 위에 내던지고는 그대로 가버렸다.
빙수는 가족이 돌아올 거라 믿고 도로가에 앉아 하염없이 기다리다
너무 배가 고파 가족들이 사라진 그 길을 따라 걷고 또 걸었다.
하비는 나와 망치를 데리고 평창의 친구네 펜션으로 가고 있었다.
비쩍 마른 개 한 마리가 길가에 있는 모습을 발견한 하비는 차를 세워
빙수에게 물과 밥을 먹이고 차에 태웠다. 나와 망치는 실컷 먹어서
배가 볼록해진 빙수의 피딱지 엉킨 발을 핥아 주었다. 1년이 지난 지금
빙수는 어느 펜션의 사랑받는 마스코트가 되어 행복하게 살고 있다.

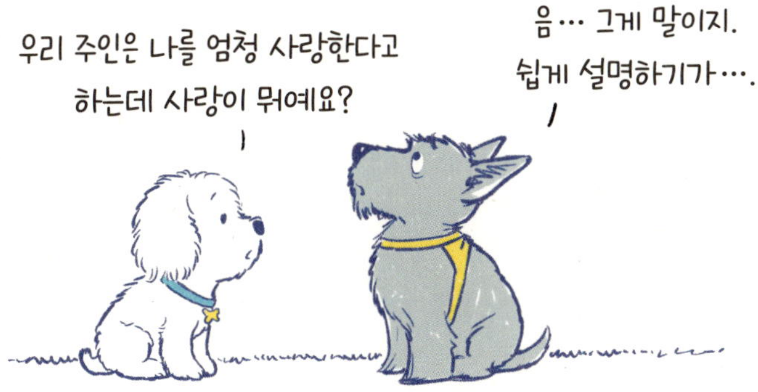

우리 주인은 나를 엄청 사랑한다고 하는데 사랑이 뭐예요?
음… 그게 말이지. 쉽게 설명하기가….

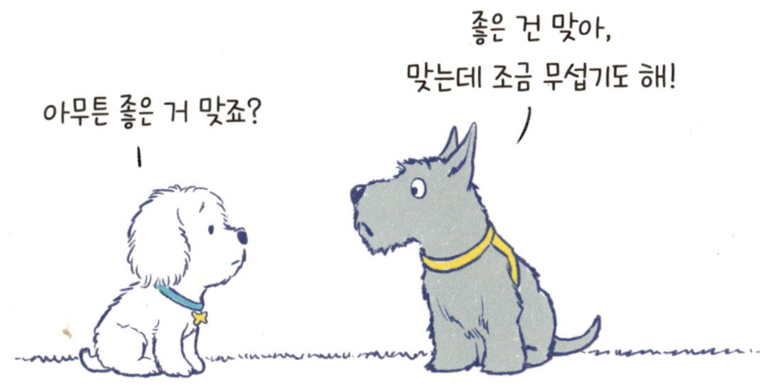

아무튼 좋은 거 맞죠?
좋은 건 맞아, 맞는데 조금 무섭기도 해!

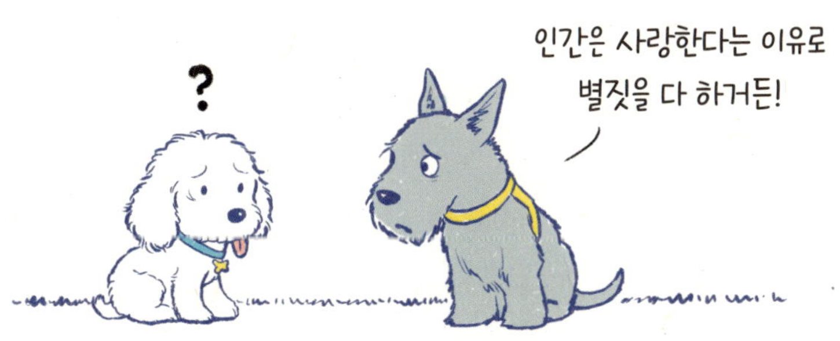

?
인간은 사랑한다는 이유로 별짓을 다 하거든!

맹인 안내견 루니

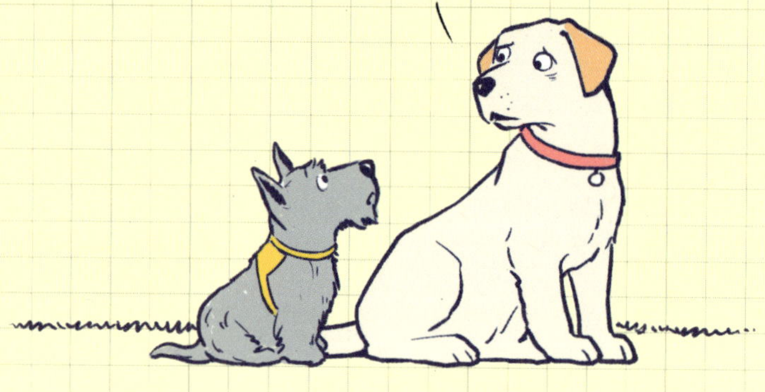

루니는 훈련 기간 포함 8년을 맹인 안내견으로 일했다.

안내견은 하루 24시간을 꼬박 반려인과 함께한다. 루니가 보살피던 반려인은 직장 여성이어서 늘 출퇴근을 같이했다. 루니에게는 출퇴근길이 매일 아침에 나갔다가 저녁때 돌아오는 산책 같았다고 한다.

몇몇을 제외한 대부분의 인간은 안내견 루니를 각별히 대해 주었다. 반려인은 말할 것도 없고 직장이나 집 주변의 모든 인간의 관심과 사랑을 받는 행복한 개였다. 지금 루니는 은퇴하여 평범한 반려견의 삶을 살아가고 있다. 하지만 안타깝게도 우울증을 앓고 있다. 어찌 보면 당연한, 맹인 안내견의 숙명 같은 건지도 모른다. 그 또한 인간에 의해 정해진 것이기에 맘이 아프다.

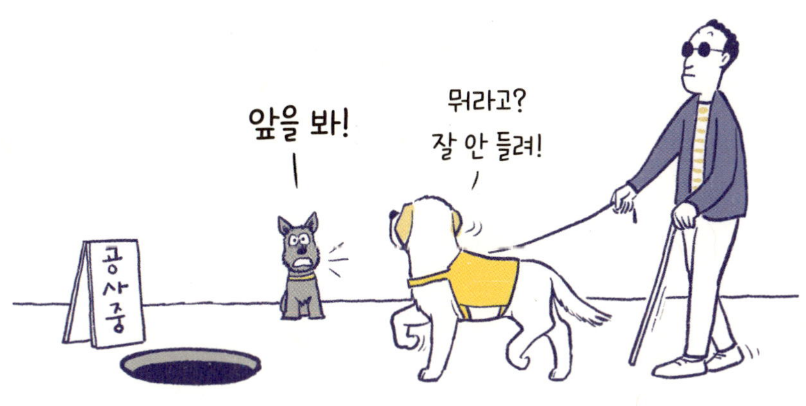
공사중
앞을 봐!
뭐라고?
잘 안 들려!

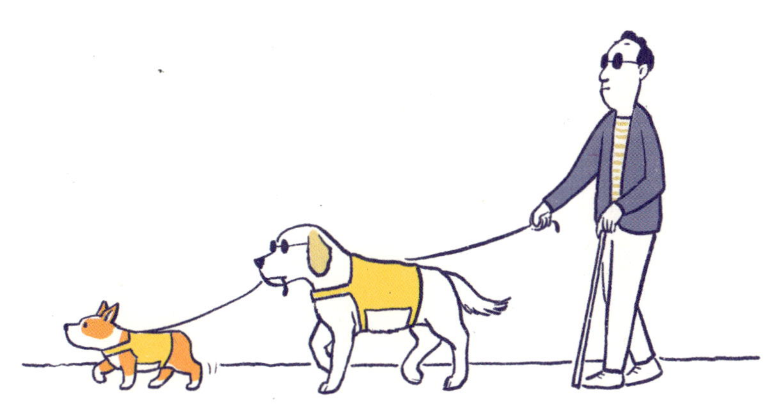

반전의 앙숙

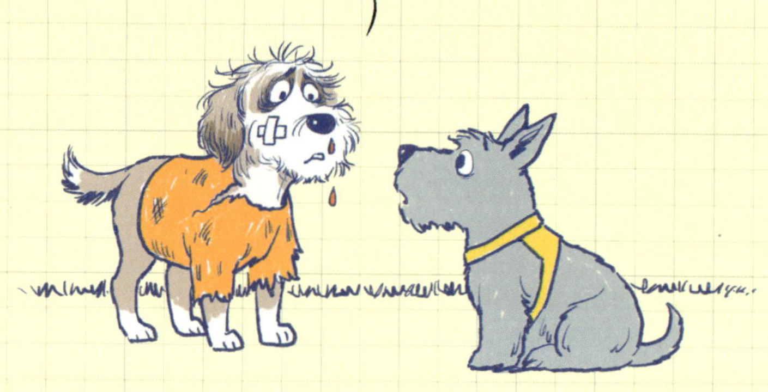

인간은 개와 고양이를 앙숙이라고 한다. 그리고 대부분의 고양이가 우리를
무서워한다는 걸 기정사실로 안다. 하지만 고양이를 겁내는 개는
생각보다 많다. 어렸을 때 처음 보는 고양이에게 다가갔다가 빰을
세차게 얻어맞아 본 경험이 있는 친구들은 그때의 트라우마로 평생
고양이를 두려워한다. 고양이가 우리보다 훨씬 더 날카로운 송곳니를
내보이며 하—악 소리를 내는 모습을 보면 털이 쭈뼛해지는 거 같다.
우리 집에 사는 고양이 하루님은 사뿐사뿐 우아한 자태 뒤에 숨겨진
반전의 카리스마를 내뿜으며 덩치 큰 망치와 나를 압도한다.
고양이는 도통 속을 알 수 없는 동물이다. 잘 모르니 더 두렵다.

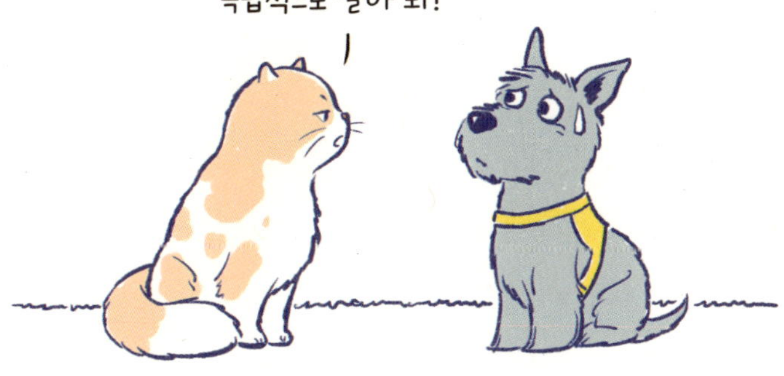

인간에게 칭찬받고 간식 얻어먹으려고
아첨하고. 그렇게까지 비굴하게
살아야겠니? 나처럼 자존심 지키면서
독립적으로 살아 봐!

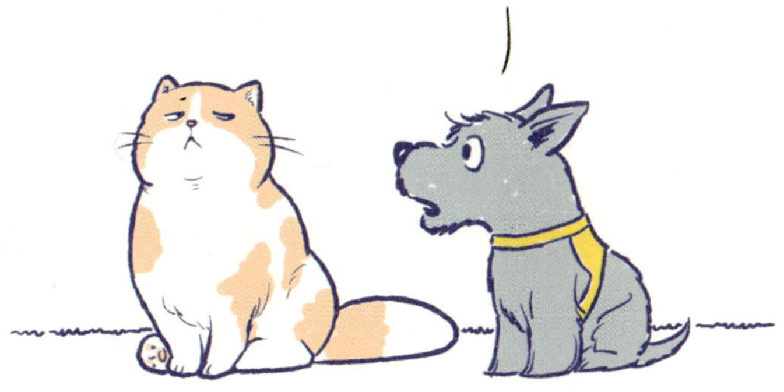

저… 그럼.
님이 싼 똥은 누가 치우나요?

앞발이 전하는 메시지

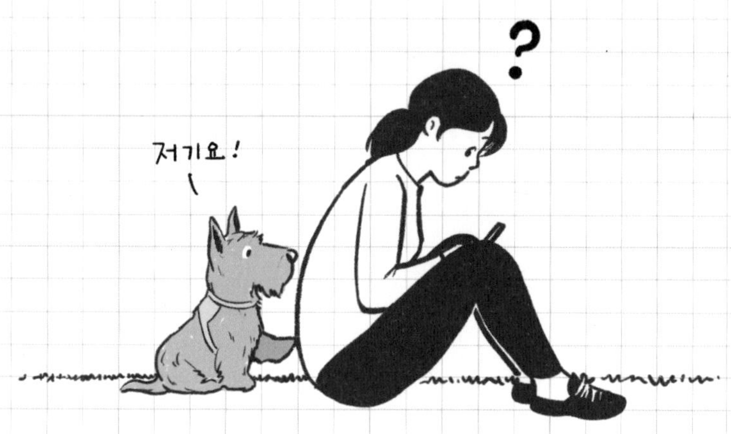

종종 간식을 먹고 싶거나 무언가를 요구할 때, 앞발로 반려인의 몸을 가볍게 밀거나 무릎 위에 앞발을 올려놓고 눈 맞춤을 한다.

습관처럼 늘 반려인의 표정을 살피다 우울해 보이거나 슬퍼 보일 때 슬쩍 앞발 스킨십으로 위로의 메시지를 전하기도 한다.

한편, 앞발로 강하게 밀어내는 행동은 싫다는 표현으로 '내 자리니까 비켜', '귀찮으니까 꺼져!' 같은 부정적 의미가 담긴 메시지다.

나는 다리가 짧아서 앞발 대신 코를 더 자주 사용한다.

내 친구 중에는 특이하게 이마를 갖다 대는 녀석도 있다.

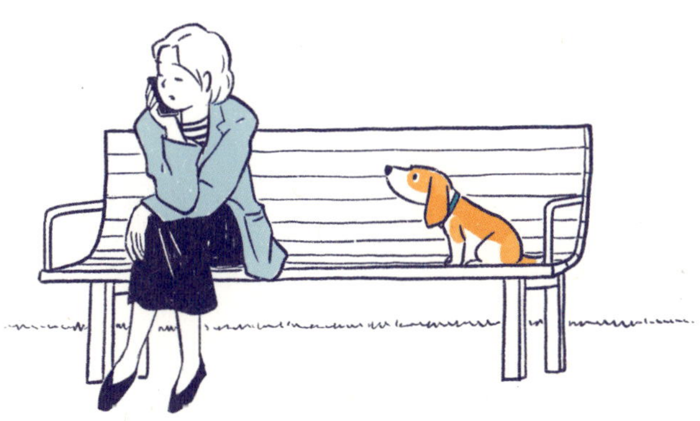

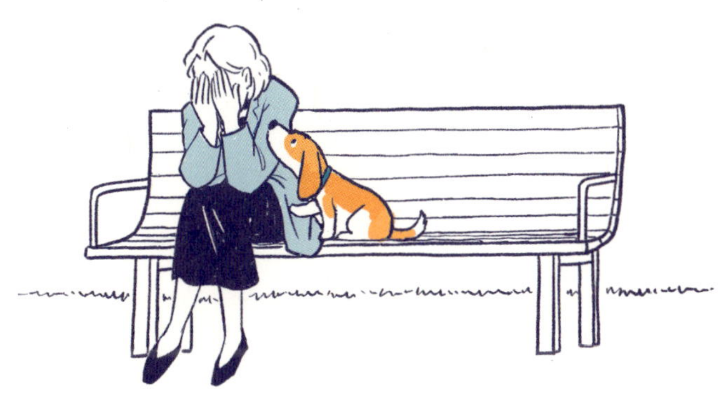

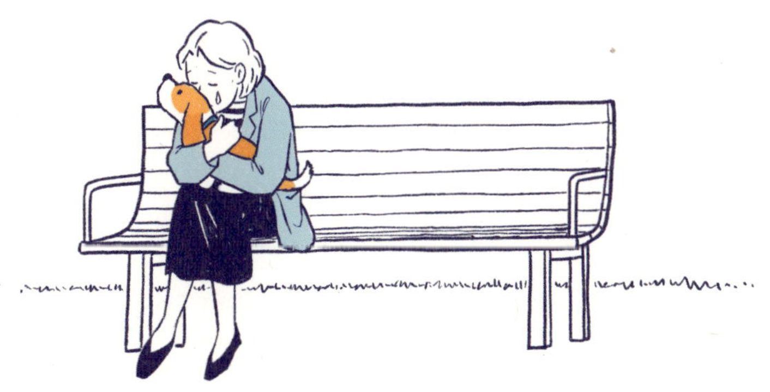

스트레스, 불안, 강박

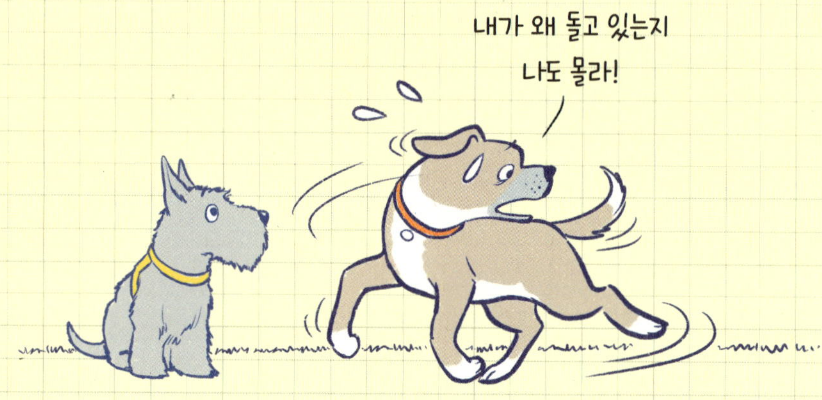

토리가 제자리에서 빙글빙글 돌길래 자신만의 독특한 운동법인 줄 알았다.

이야기를 듣고 보니 안타깝게도 강박에 의한 신경증적 행동이었다.

자신은 문제를 인식하고 있지만 그것을 제어하지 못하는 것이 강박이다.

우리가 갖는 강박은 대개 스트레스에서 비롯된 불안 증상이다.

토리는 그 불안을 해소하기 위해 빙글빙글 제자리 돌며 자신의 꼬리를

물기 시작했고, 반복된 행동은 습관이 되었다.

흥분 상태가 되면 제자리 돌기를 시작하고 안정이 되면 멈춘다.

자코라는 친구는 늘 앞발로 땅을 파고 있고, 맹구는 발바닥이 헐어

염증이 생기고 고름이 나올 때까지 핥는다. 모두 스트레스와 불안이라는

원인은 같지만, 강박 행동의 증상은 다르게 나타난다.

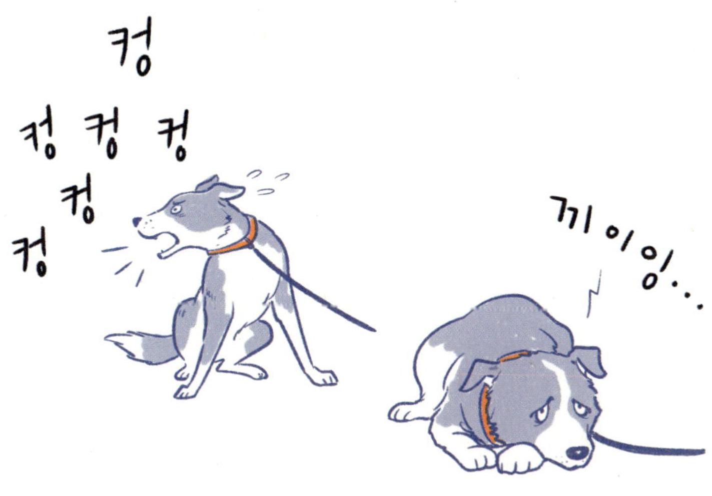

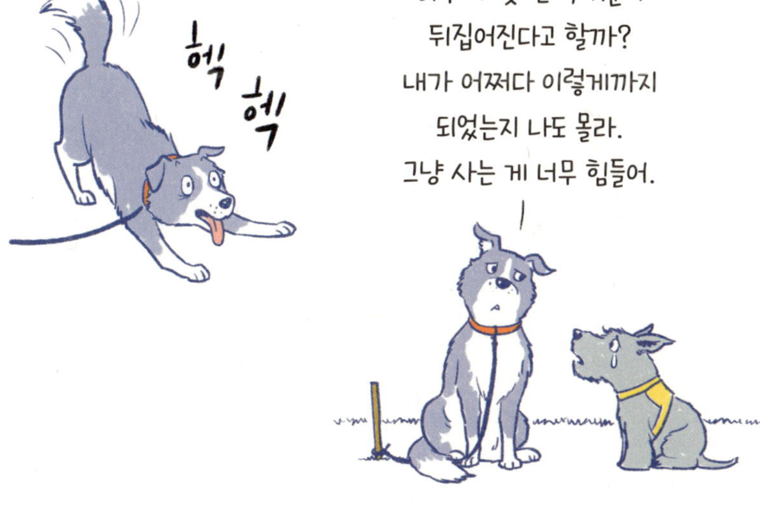

하루에 몇 번씩 기분이
뒤집어진다고 할까?
내가 어쩌다 이렇게까지
되었는지 나도 몰라.
그냥 사는 게 너무 힘들어.

이럴 때 정말 마음이 아파요!

우리는 인간이 생각하는 것보다 훨씬 예민해서 스트레스도 더 많이
받을 수 있다. 우리보다 예민할 것 같은 고양이가 오히려 스트레스에
강한 이유는 인간과의 공감 지수가 낮기 때문이다. 눈치를 안 보니까
스트레스가 없다고 해야 하나. 우리는 스트레스가 심해지면 설사나
장염 증상이 생기기도 하고, 심해지면 짖거나 무는 행동도 하게 된다.
스트레스가 지나치면 마음의 병이 되고 문제견이 될 수밖에 없다.
우리에게 스트레스가 되는 상황은 어떤 걸까?

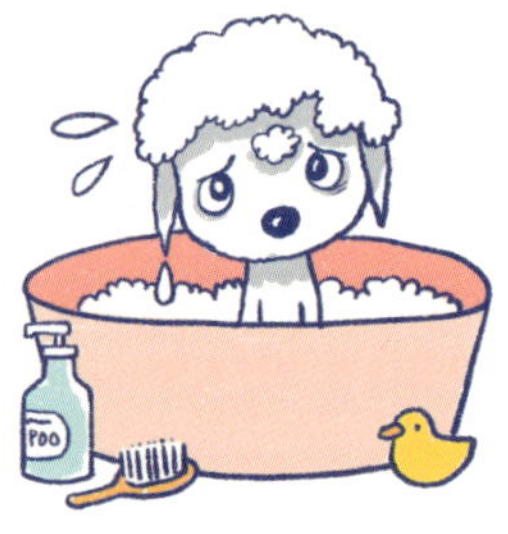

너무 잦은 목욕은 싫어!

인간이 아기를 매일 목욕시키듯
우리를 너무 자주 씻기고 말리는 것도
엄청난 스트레스가 될 수 있다.

좁은 공간에 오랫동안 가두지 말아 줘!

갇혀 있다는 느낌이 지속될수록 우울증과
불안은 커진다. 차 안에 오래 갇혀 있는
긴 여행이나 비행기 여행도 스트레스!

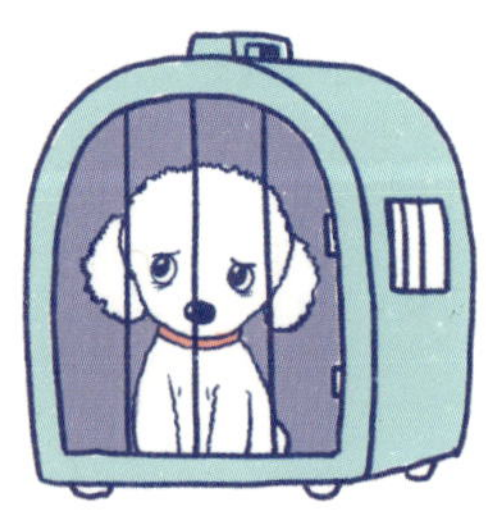

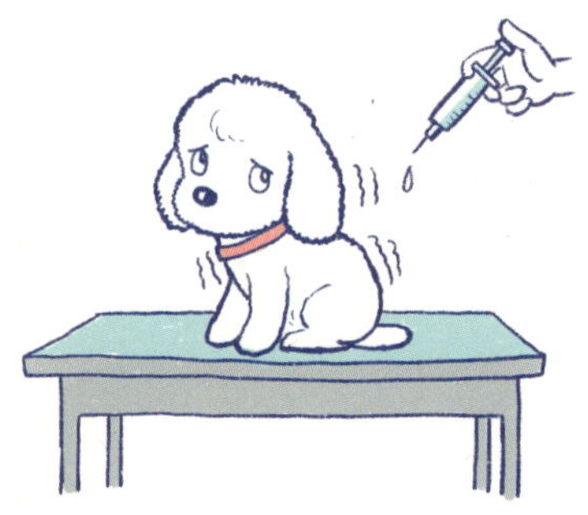

장기간 입원이나 잦은 병원 치료도 힘들어!

몸이 오래 아프면 마음도 힘들어진다.
어쩔 수 없는 선택이지만
세심한 보살핌이 필요해!

반려인의 무관심과 방치는 정말 안 돼!

혼자 사는 반려인 때문에 가장
흔하게 발생하는 스트레스 요인.
무관심과 방치는 우리에게
큰 상처가 되고 마음을 병들게 해!
몸집이 작은 친구들은 특히 더
심하게 스트레스를 겪을 수 있어.

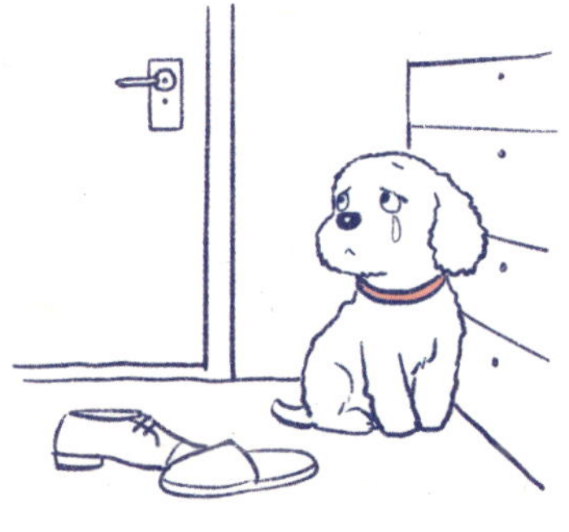

그 밖의 다양한 환경 요인들

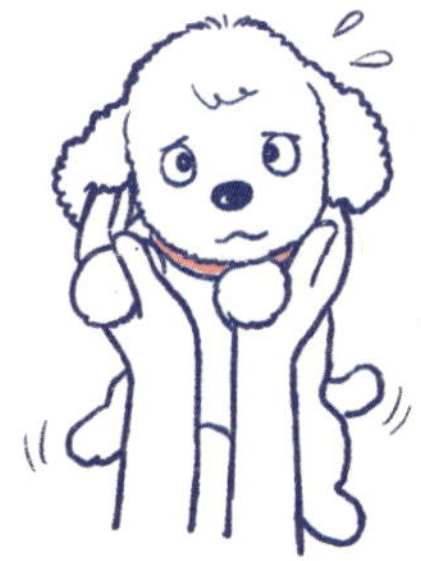

가족들이 번갈아 가며 쉬지 않고 우리와
놀아 주는 것도 엄청난 스트레스가 될 수
있어. 시끄러운 소리가 계속되는 환경,
위협을 느낄 만한 무언가가 가까이
존재하는 상황 등 확실히 표현할 수는
없지만 우리를 잘 관찰하면 알 수 있지!

나의 베프, 망치

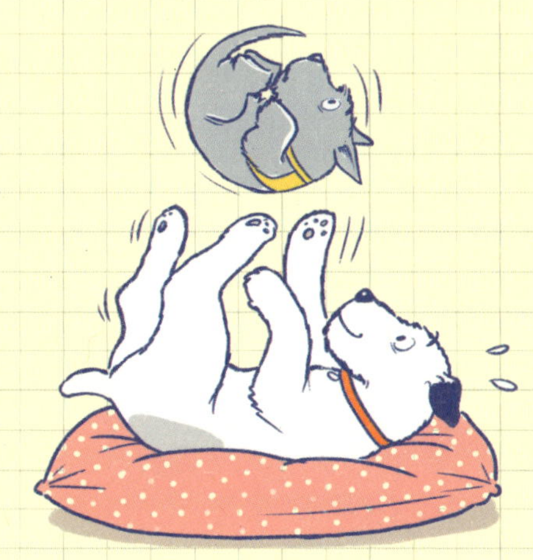

나는 어릴 적부터 줄곧 망치와 함께 살아왔다. 늘 티격태격하지만
이 사소한 싸움이 없었다면 지루하기 짝이 없는 우리의 삶에서
나는 틀림없이 우울증에 시달리며 살아야 했을 거다. 내가 하비에게
특별한 집착을 하지 않는 이유도 곁에 망치가 있기 때문이다.
망치에게는 하비나 다른 반려 가족들과는 또 다른 유대감, 특별한
동료 의식 같은 게 느껴진다. 모든 반려견이 그렇듯 나 역시 인간과는
주종 관계에서 벗어날 수 없지만, 망치와는 완벽하게 평등한 친구로
서로를 인식한다. 아무것도 바라지 않고 있는 그대로를 인정하며
서로를 아껴 주는 친구가 존재한다는 것은 축복과도 같다.
우리에게 그런 배려를 해 준 하비에게 고마움을 느낀다.

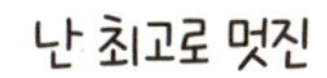

난 최고로 멋진
여자가 되고 싶어!
넌 지금도 멋져!

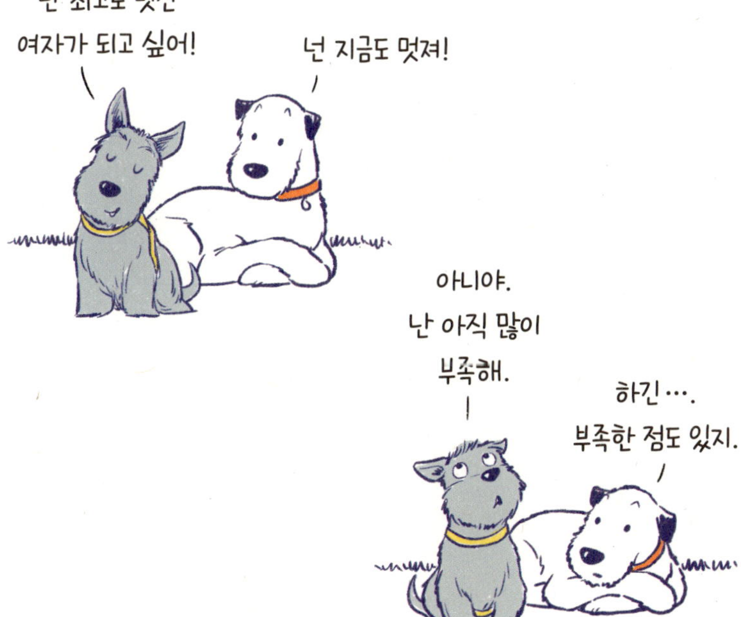

아니야.
난 아직 많이
부족해.
하긴 ….
부족한 점도 있지.

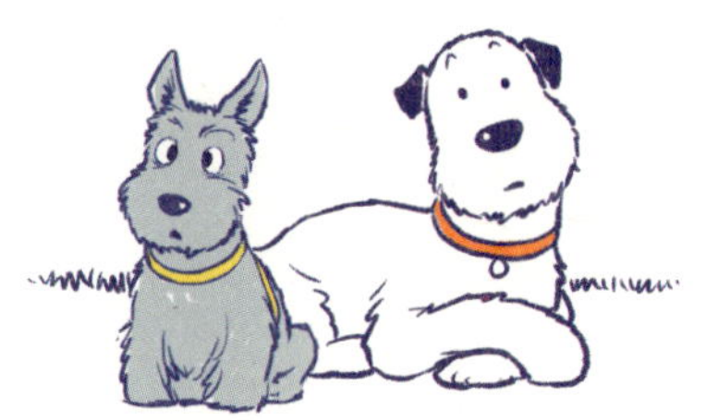

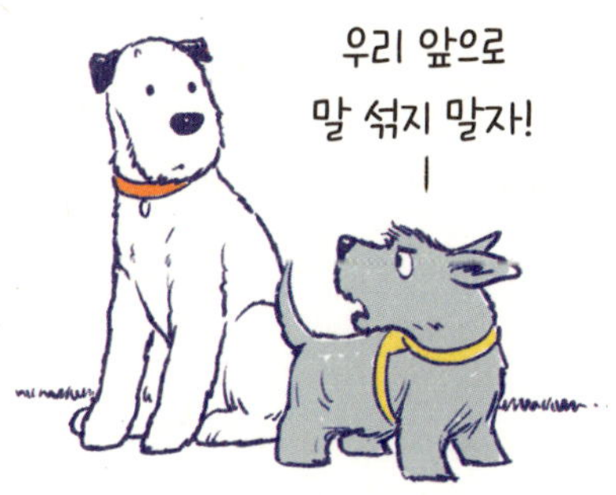

우리 앞으로
말 섞지 말자!

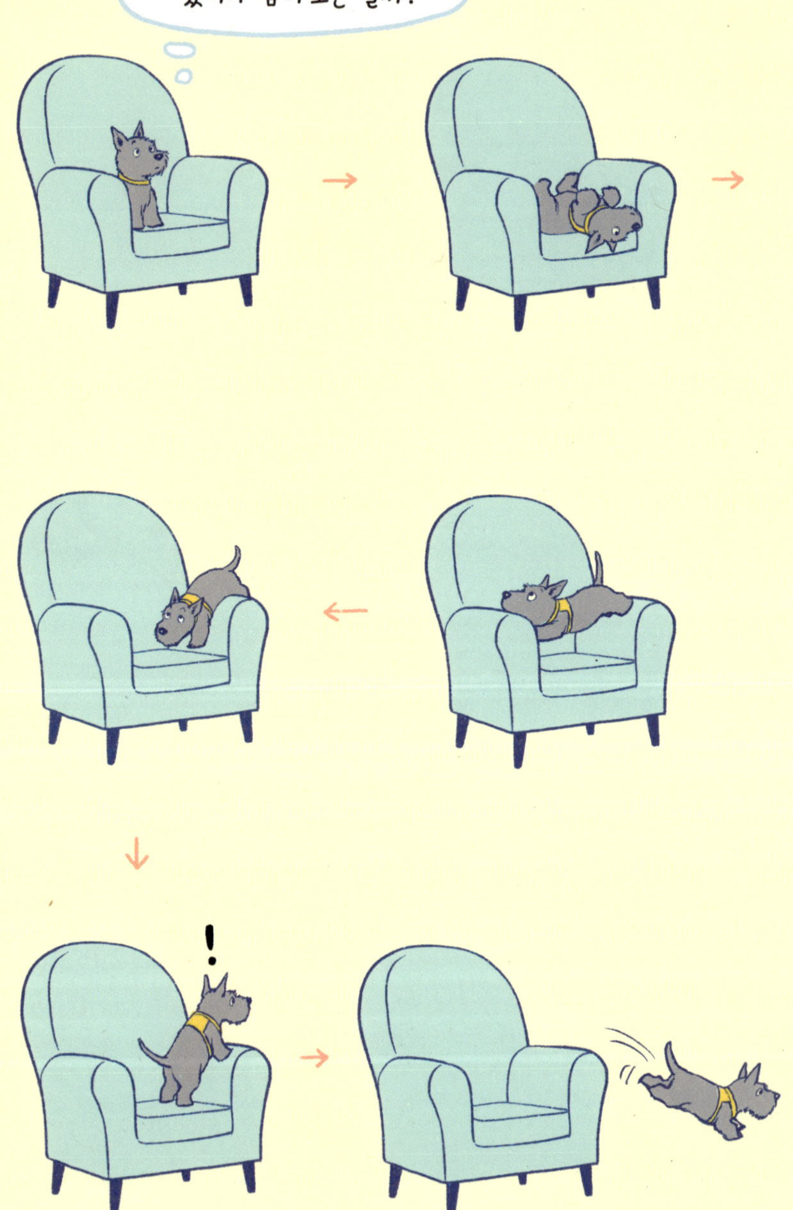

나는 왜 누군가가 내 옆에
있어야 잠이 오는 걸까?

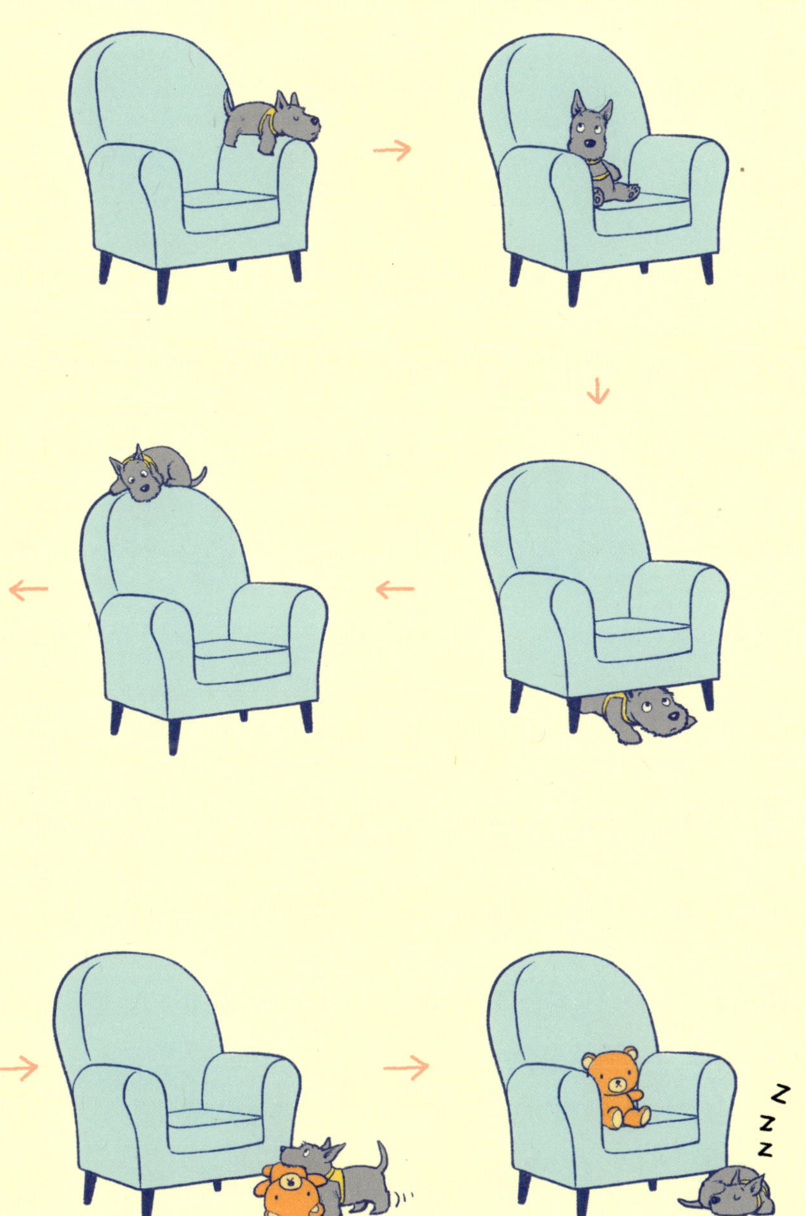

z
z
z

자존감

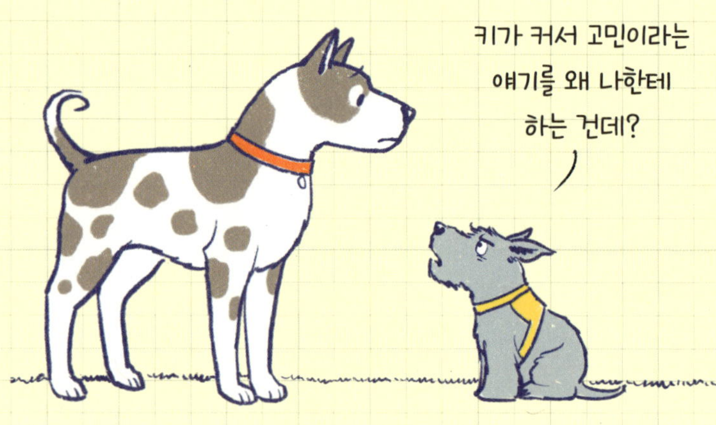

우리에게도 자존감이라는 게 있다. 반려인에게 구박을 많이 받을수록
자존감은 떨어지고, 반대로 사랑과 칭찬은 자존감을 높인다.
자존감이 낮으면 쉽게 상처 받고 공격적이 되기 쉽다. 반면 자존감이
높은 친구들은 안정적이고 온순하지만, 인간의 시각으로 보면 고집스러운
면이 있다. 평소에는 순종적이지만 가끔 자기 의지를 굽히지 않아
반려인과 감정싸움을 하는 경우도 있다. 성숙한 반려인이라면
'그래, 너도 네 생각이 있을 수 있지'라고 인정해 주겠지만, 보통은
반려견이 자기를 무시한다고 생각할 수 있다. 우리들 품종의 특성을
알려 주는 정보에 '어릴 적에 엄격한 교육이 필요함'이라는 내용이
들어 있다면 높은 자존감의 DNA를 타고난 친구들이다.

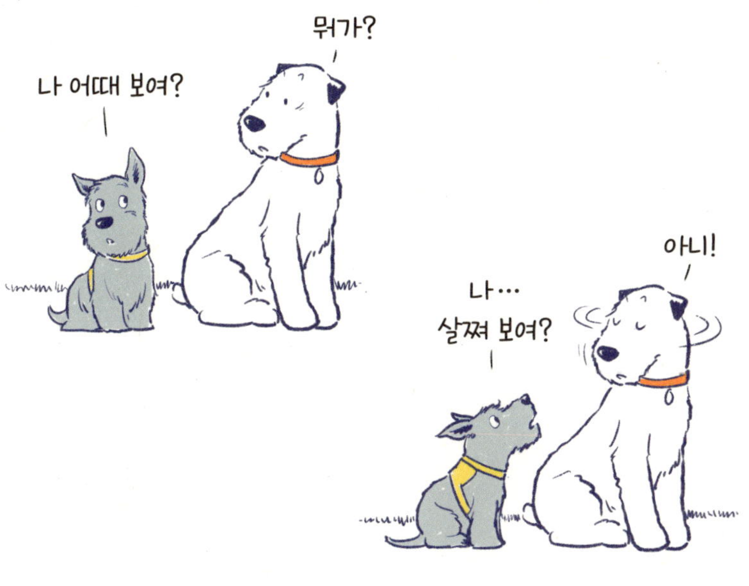
뭐가?
나 어때 보여?
아니!
나…
살쪄 보여?

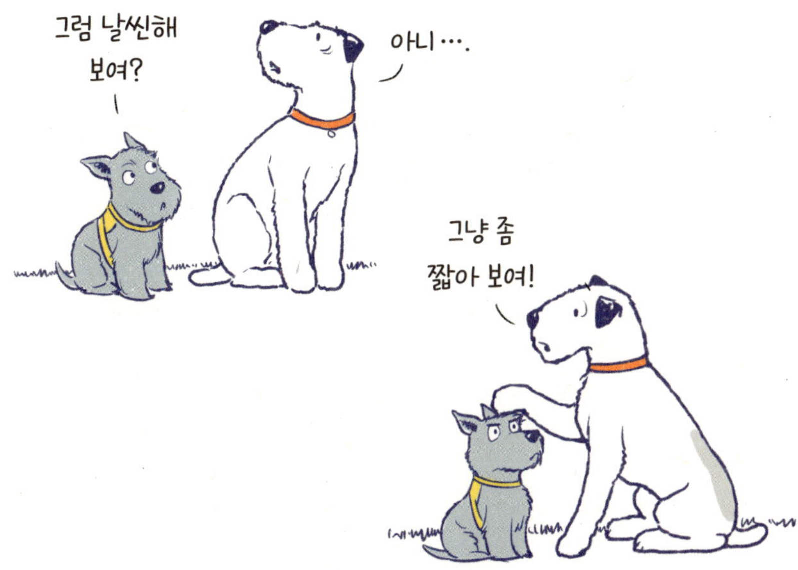
그럼 날씬해
보여?
아니….
그냥 좀
짧아 보여!

무슨 꿈을 꾸길래

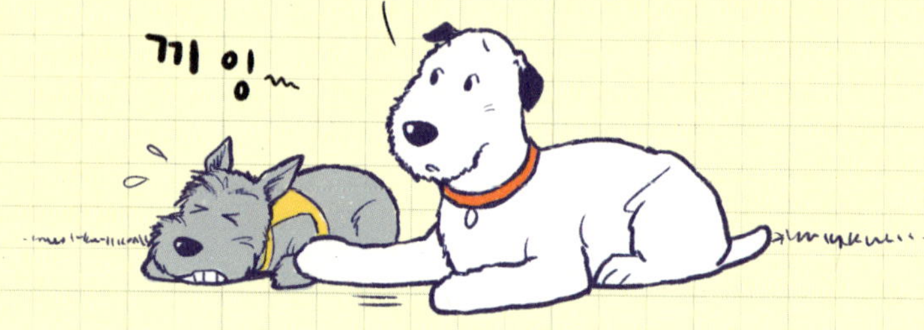

미래에 대한 불안이 많은 인간과 달리 우리는 과거의 경험에서 오는 불안이 대부분이다. 사나운 고양이에게 뺨을 얻어맞거나 아끼던 뼈다귀를 큰 개에게 빼앗기는 등 내가 끔찍하게 생각하는 기억들이 악몽으로 나타난다. 우리가 자면서 눈꺼풀을 찡긋거리거나 발을 떨기도 하고 낑낑대거나 혹은 크게 짖을 때가 있다. 분명 악몽을 꾸는 중이다.

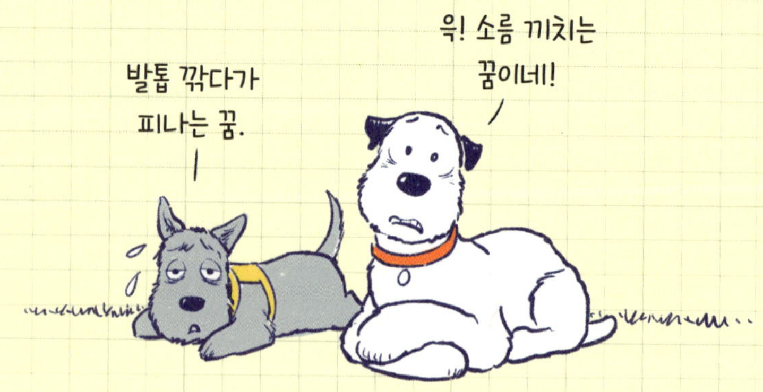

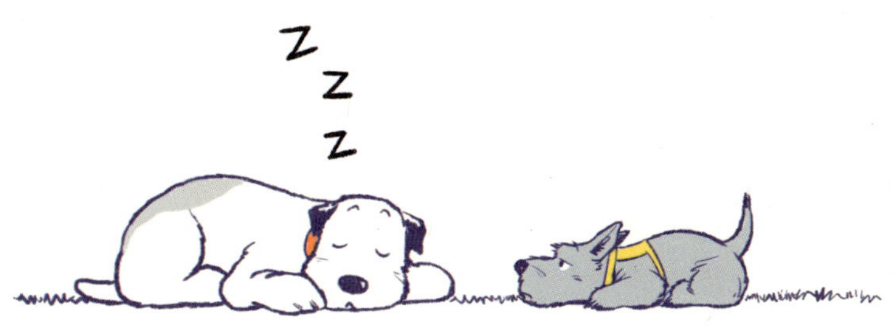

Z
Z
Z

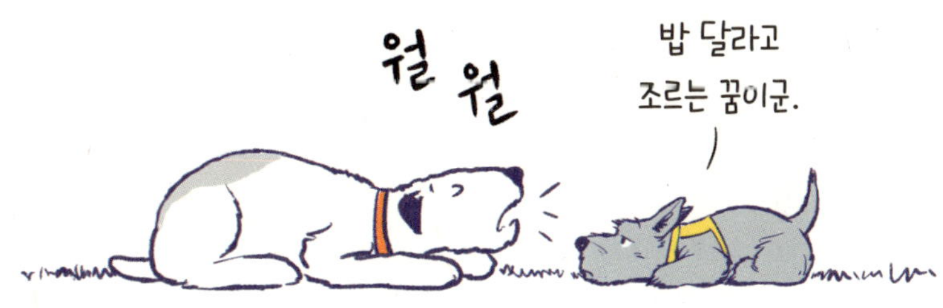

월 월
밥 달라고
조르는 꿈이군.

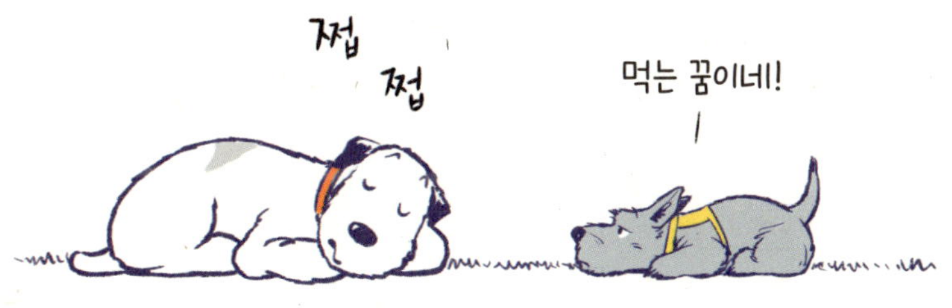

쩝
쩝
먹는 꿈이네!

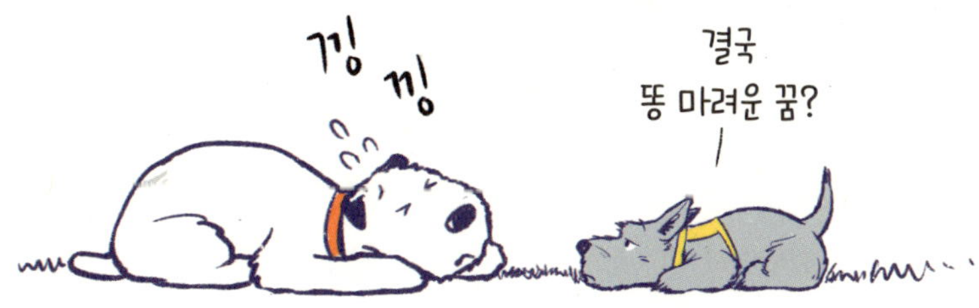

낑 낑
결국
똥 마려운 꿈?

반려묘 하루님

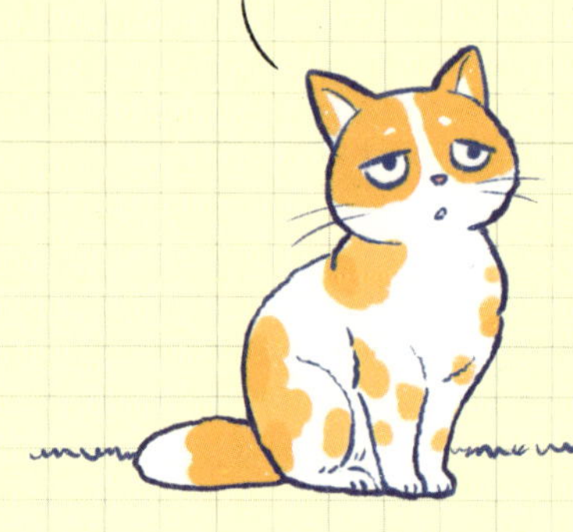

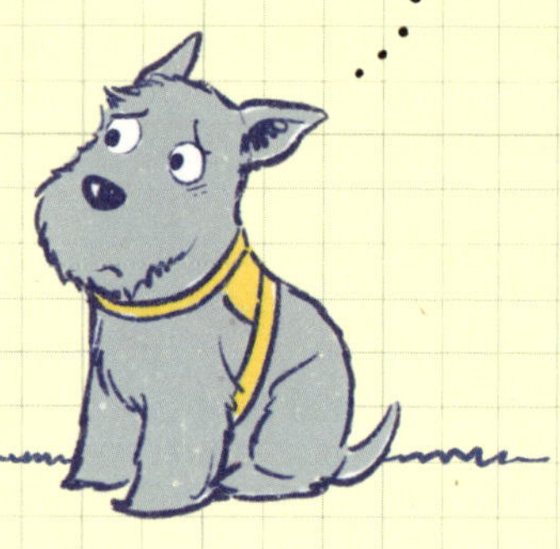

하루님은 나보다 먼저 이 집에 왔고 나이도 많다. 하루님과 나는 한집에 살지만 서로 다른 구역을 사용하기 때문에 마주칠 일이 거의 없다. 그분은 바닥보다 소파 등받이 위, 창틀, 선반 등 주로 방 안을 내려다보는 위치를 좋아하고, 하비가 만들어 준 캣타워에서 오르락내리락한다. 그분이 이처럼 수직 운동을 좋아하는 반면, 나는 오로지 밑에서만 움직이는 수평 운동을 한다. 나는 바닥에서 밥을 먹지만 그분의 밥그릇은 내 키가 닿지 않는 높이에 놓여 있다. 예전에는 바닥에서 나란히 먹기도 했었다. 그분이 늘 천천히 조금씩 나누어 먹는 습관이 있어서 그 밥을 내가 몰래 훔쳐 먹다가 들킨 적도 여러 번 있었다. 우리 같았으면 싸움이 날 수도 있었을 텐데, 그분은 식탐이 별로 없어서인지 그냥 쳐다보기만 할 뿐이었다. 다정한 맛이라고는 없는 그분이 왠지 늘 위에서 나를 지켜 주고 있는 것 같은 느낌은 뭘까?

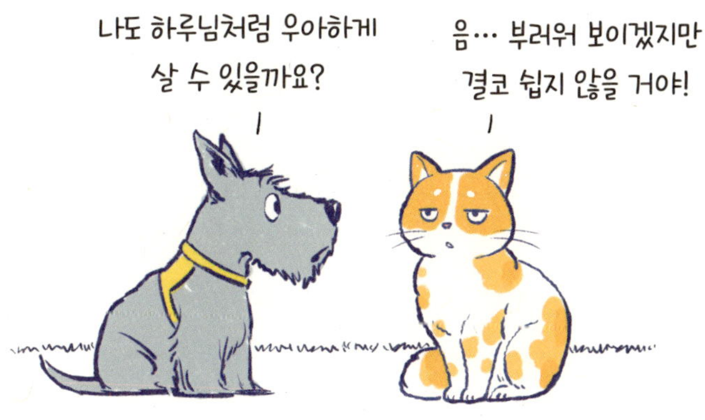
나도 하루님처럼 우아하게
살 수 있을까요?
음… 부러워 보이겠지만
결코 쉽지 않을 거야!

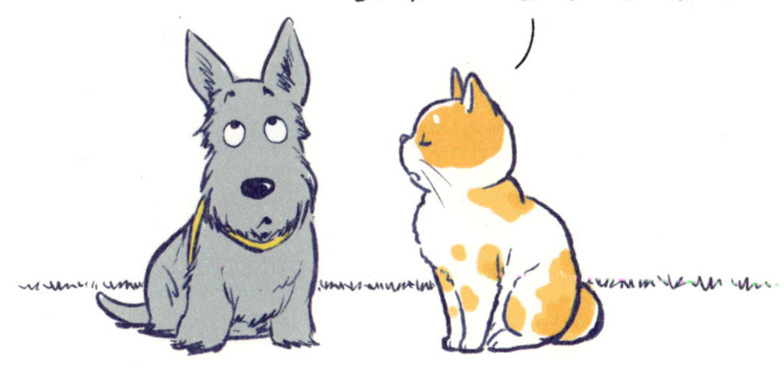
일단 산책 같은 건 안 되고.
인간이 불렀을 때 절대로 반응하면 안 돼.
매주 한 번씩 털 뭉치를 토해 내야 하고
하루에 20시간은 자거나
졸고 있어야 하는데, 가능하겠어?

정당방위

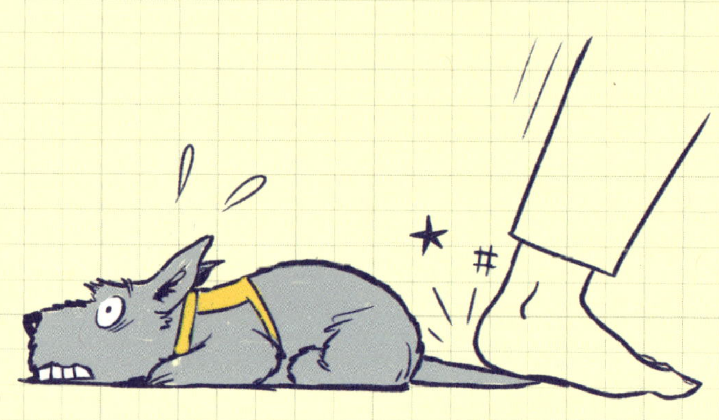

점심을 먹고 거실에서 낮잠을 자고 있었다.

화분을 옮기던 하비가 뒷걸음치다가 나의 민감한 부위 중 하나인

꼬리를 밟았다. 나는 깜짝 놀라 반사적으로 하비의 발뒤꿈치를

살짝, 아주 살짝 깨물었다. 하비도 놀라 화분을 떨어뜨렸고,

깨진 화분으로 거실 바닥은 난장판이 되었다. 하비는 별로 표시도

안 나는 상처에 약을 바르며 분노가 서린 눈길로 나를 노려보았다.

정작 원인 제공은 하비가 했고, 나는 놀라서 방어 행동으로 살짝

입질을 했을 뿐인데…. 나의 정당방위 논리는 통할 리가 없다.

그렇다. 나는 오늘로 더 이상 과거의 착한 개가 아니다.

'사람을 문 개'라는 낙인이 찍힌 못된 개로 남은 삶을 살아가야 한다.

너무 억울하다.

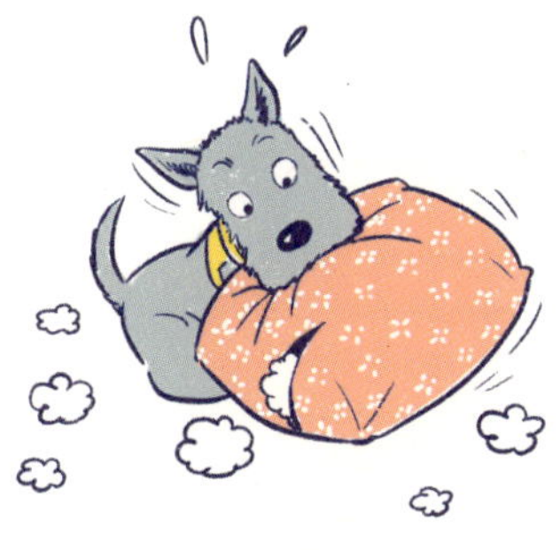

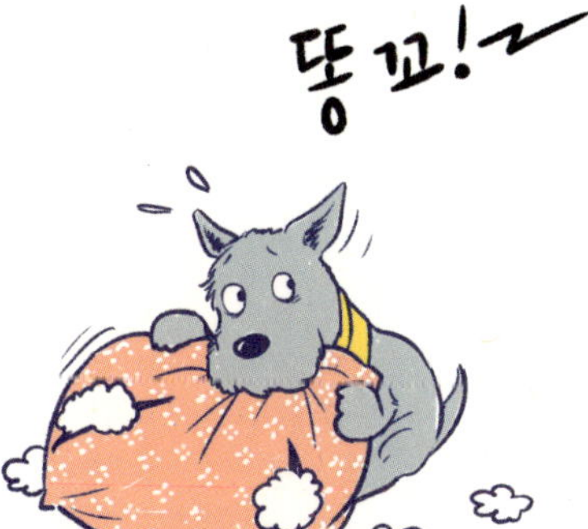

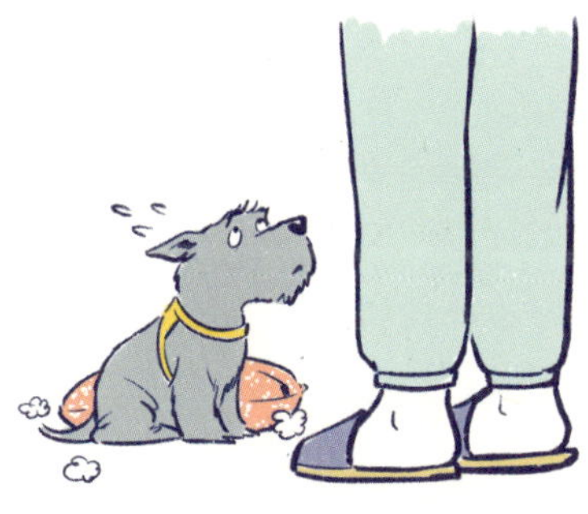

제발, 그런 눈으로 날 보지 마세요!
나는 그저 내 무료함을 달래 줄
장난감이 필요했을 뿐이라고요.
같이 살려면 이 정도는 그냥
넘어가 줘야 하는 거 아닌가요?

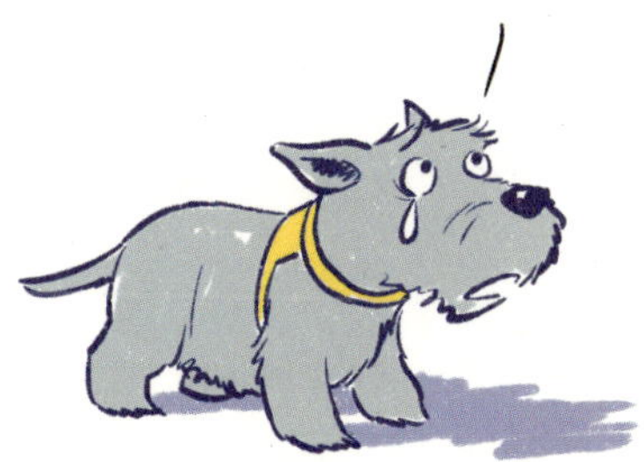

사건 이후

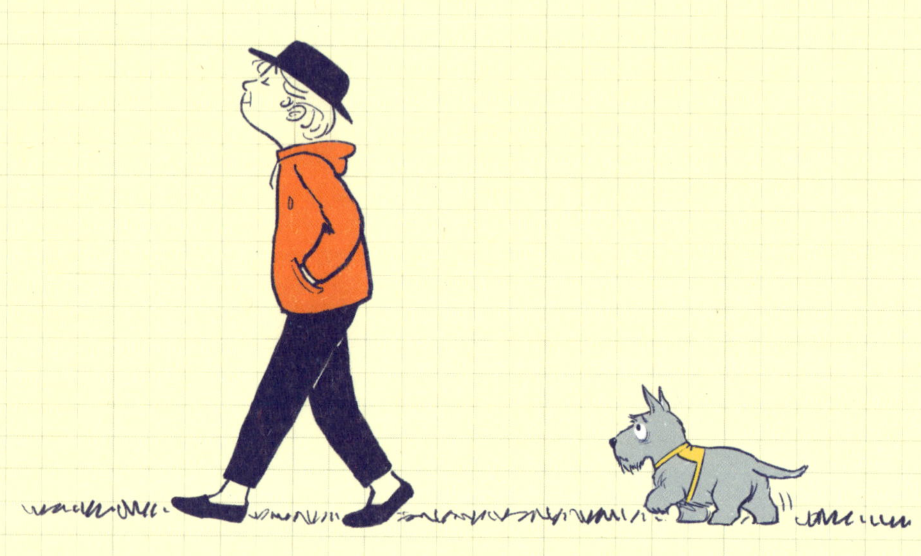

어제의 사건으로 전과견이 된 나는 아침부터 소파 밑에 틀어박혀

꼼짝도 하지 않았다. 미안한 마음과 억울한 마음이 뒤섞여

머릿속이 혼란스러웠다. 하비는 작업실로 내려가고 거실은 텅 비어

있었지만 아무 일도 없었다는 듯 돌아다니는 모습을 보이고 싶지 않았다.

점심 때가 되자 하비가 돌아왔다. 허리를 숙여 나를 들여다보는 하비의

손에는 내가 제일 좋아하는 고기 통조림이 들려 있었다. 뭐지…?

맛있는 간식에 이어 평소와 다름없이 산책도 함께 다녀왔다.

하비의 기억력이 나쁘다는 건 알고 있었지만, 이 정도일 줄은 몰랐다.

내가 할 수 있는 유일한 미안함의 표시로 하비의 손등을 정성껏 핥았다.

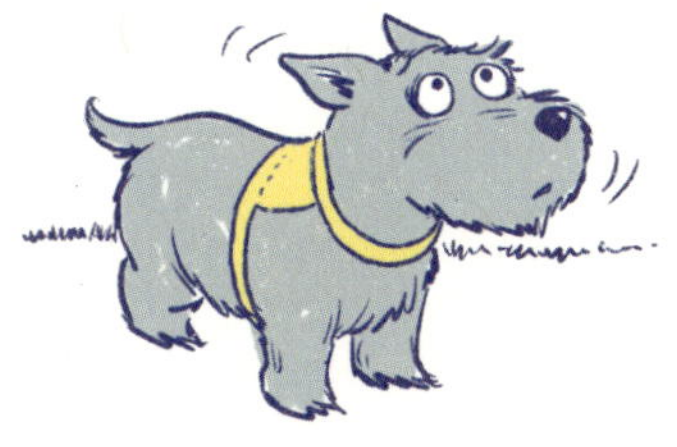

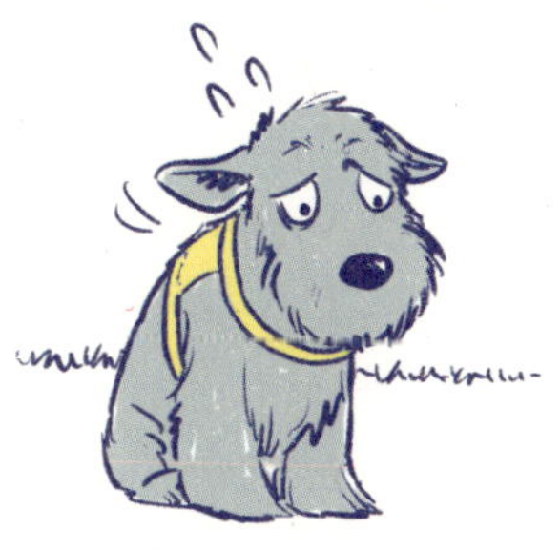

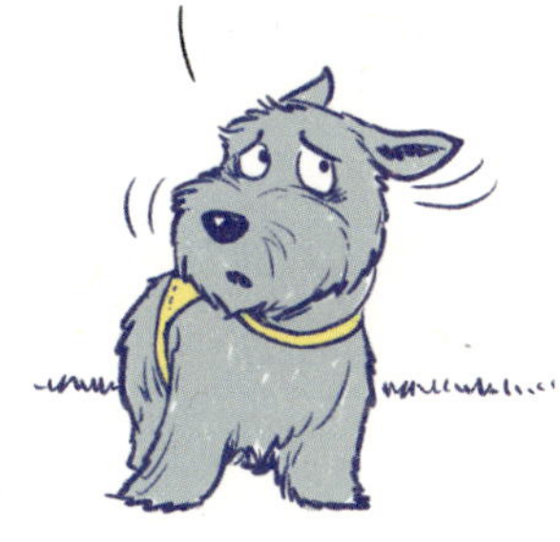
망치야, 이건 어때?

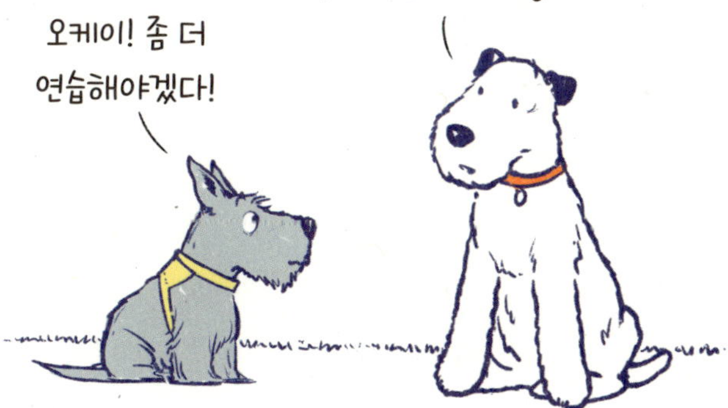
두 번째가 나은 것 같아.
뭔가 진심으로 잘못을
뉘우치고 있는 것 같은 느낌?
특히 시선 처리가 좋아!
오케이! 좀 더
연습해야겠다!

산책을 싫어하는 개

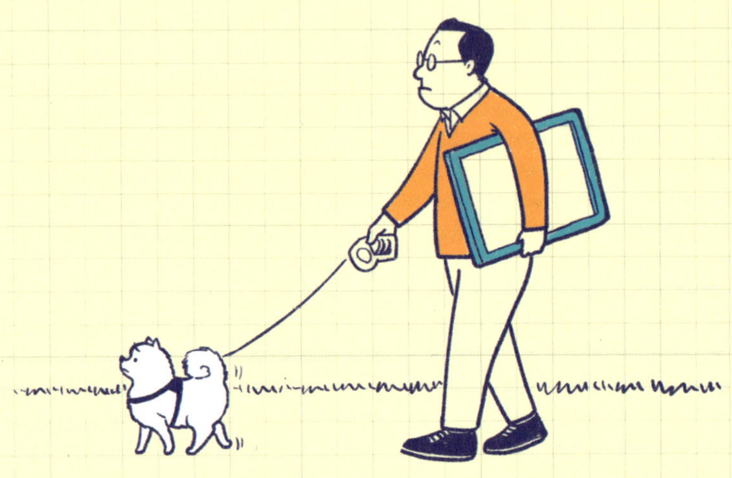

봄이는 산책하러 갈 때마다 싫다고 버티다가 어쩔 수 없이 강제 산책을 한다. 인간이 생각할 때 산책을 싫어하는 개도 있을까 하겠지만 의외로 산책을 싫어하는 친구들이 꽤 있다.

산책의 세 가지 목적은 배설, 탐구 그리고 운동이다. 몸집이 작은 친구들은 집 안에서도 충분히 운동이 가능하므로 큰 의미가 없고, 유난히 겁이 많은 친구들은 두려움 때문에 탐구심을 발휘하지 못한다. 늘 배변판에서만 배설하는 습관이 든 친구들은 오히려 실외 배설이 불편해서 꾹 참고 집에 돌아와 배변하기도 한다. 어릴 때부터 산책 습관이 들지 않으면 발바닥에 닿는 잔디의 감촉이 싫어서 혹은 사회성이 부족해 다른 개를 경계하고 두려워해서 산책하기가 불안할 수도 있다. 공원에 어쩌다 한 번 산책 나온 녀석들은 계속 다른 친구들을 향해 짖기만 하다 돌아간다. 어쩌면 산책도 맞춤형이 필요하단 생각이 든다.

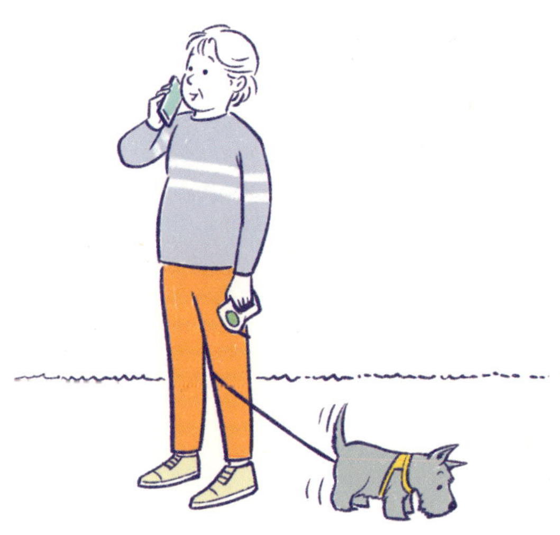

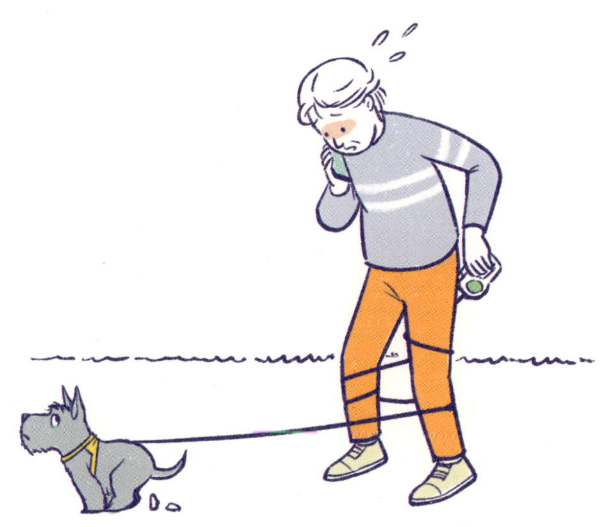

집 나가면 개고생

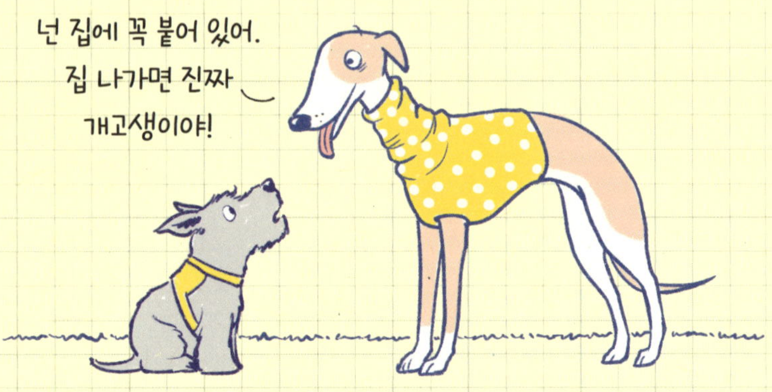

오늘은 오랜만에 통키를 만나 신나는 모험담을 들었다. 통키는 일주일 동안 방 안에 갇혀 있다 산책을 나갔다. 너무 흥분해서 날뛰는 바람에 반려인이 엉겁결에 목줄을 놓쳤고, 통키는 마침 지나가던 치킨 배달 오토바이를 뒤쫓아 뛰기 시작했다. 그러다 또다시 중국집 오토바이를 따라 뛰었고, 정신을 차렸을 때는 이미 너무 멀리 와 있었다. 이리저리 거리를 헤매다가 배가 고파 기웃거리던 식당에서 주인 덕분에 며칠 동안 숙식을 해결했고, 다시 열린 문틈으로 빠져나와 떠돌이 생활을 했다. 그러다 어떤 고물상 아저씨에게 붙들려 갔고, 그 집에 있던 큰 개에게 물려 귀가 찢어지는 상처를 입었다. 고물상 아저씨는 상처를 꿰매기 위해 병원을 찾았다가 통키를 찾는 포스터를 보게 되었고, 결국 통키는 거의 한 달 만에 집으로 돌아올 수 있었다는….
해피 엔딩 스토리였지만 하루에 한 시간은 달려야 스트레스가 해소될 통키가 일주일을 갇혀 있다 나갔으니….

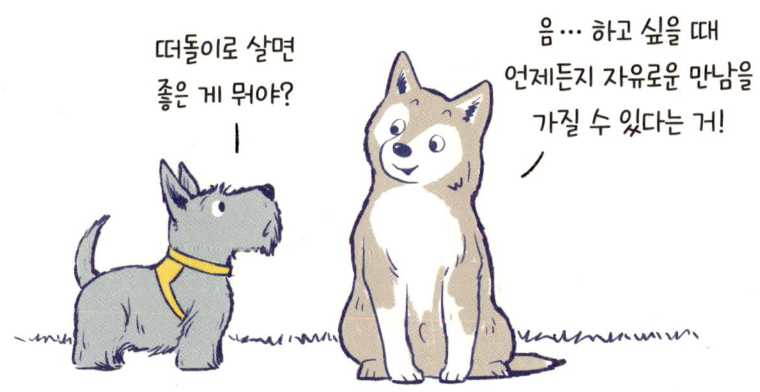
떠돌이로 살면
좋은 게 뭐야?
음… 하고 싶을 때
언제든지 자유로운 만남을
가질 수 있다는 거!

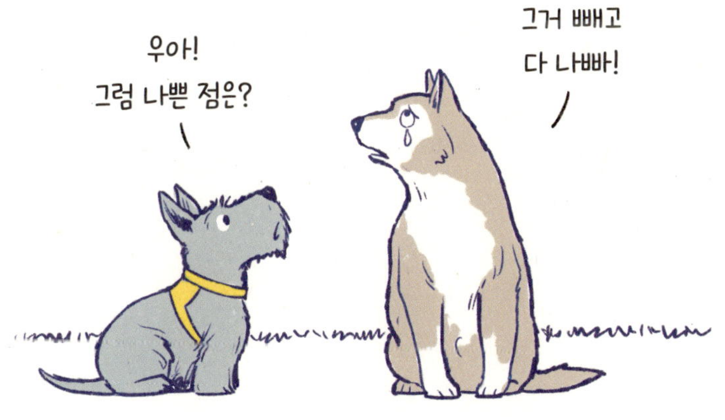
우아!
그럼 나쁜 점은?
그거 빼고
다 나빠!

개의 관점으로 상상해 봐!

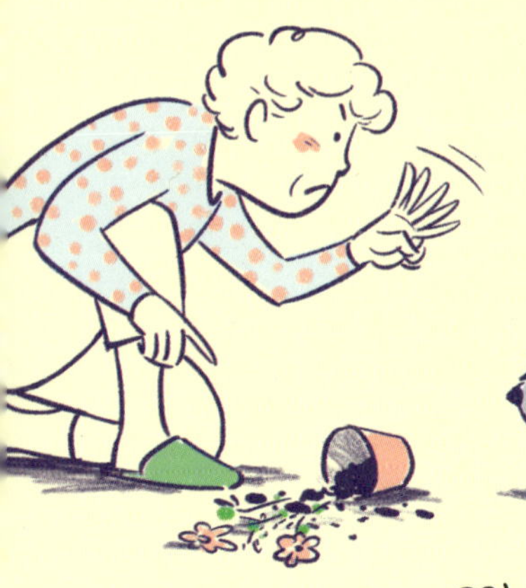

함미는 나를 무척 아낀다.
내가 출산했을 때는 자그마치
미역국을 진하게 끓여 산후조리를
해 주었고, 병원에서 수술을 마치고
퇴원했을 때는 보양식으로
삼계탕에 오메가3와
비타민을 타서 먹여 주었다.
그건 나를 개가 아닌 인간으로 인식하고 있다는 뜻이다.
함미는 내가 배변 실수를 한다거나 어떤 문제를 일으켰을 때
손녀에게 했던 것과 똑같은 방식으로 훈계를 한다.
어떤 때는 잘못한 이유와 태도에 대해 상당히
긴 시간 동안 설명을 하고 다시 이런 일이 발생하지 않도록 주의를 준다.
그게 얼마나 허망한 일인지 함미는 정말 모르는 걸까?
인간의 언어로 우리와 소통하는 게 가능하다고 믿고 있는 건 아닌지.
함미가 그걸 모를 리 없다. 다만 함미는 인간의 언어 외에 다른
소통 방식은 모르기 때문에
자신의 소통 방식이 옳다고
믿고 싶은 거다. '언젠가는
알아듣겠지. 똑똑한
아이니까' 하는 생각으로.

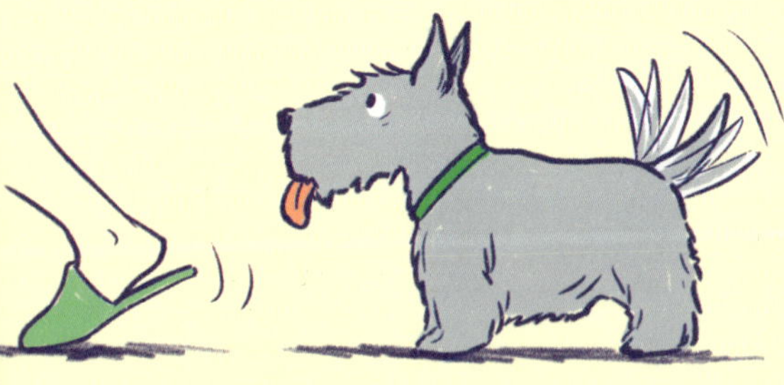

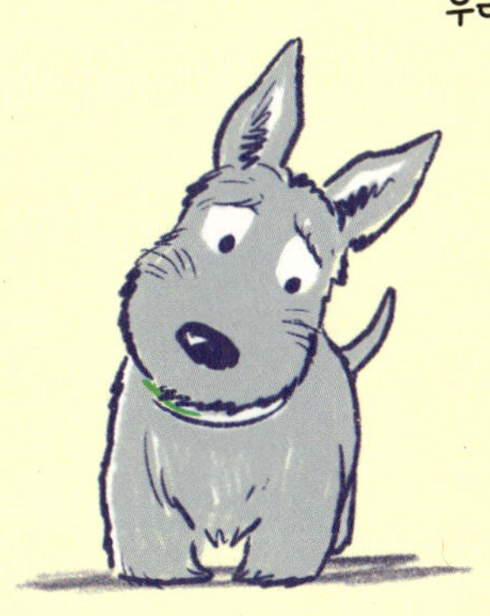

우리의 똑똑함은 인간의 똑똑함과 완전히 달라서
인간의 말을 이해할 생각도, 이해할 필요도
없다. 대신 분위기 파악만 하면 된다.
우리는 그렇게 진화해 왔다.
우리가 혼날 때 잘못을 뉘우치는 듯한 표정과
몸짓을 보여 주는 이유는 반려인의 질책에
적절한 보조를 맞춰 줌으로써 그의
불편한 심기를 누그러뜨리기 위함이다.
인간은 인간의 방식으로, 우리는 우리의 방식으로 서로를
아끼지만, 궁극적으로 언어적인 소통은 애초에 불가능하다.

그렇다면 인간이 그들의 언어를 사용하지 않고 우리와 소통할 수 있는
가능성은 없는 걸까? 100%는 아니더라도 나는 가능하다고 본다.
인간이 인간의 관점에서 벗어나, 우리들 개의 관점으로 우리를 바라보고
이해하려 한다면 실마리를 풀어 갈 수 있을 거라 기대해 본다.
인간은 우리보다 우수한 두뇌와 우리에게는
별로 없는 풍부한 상상력을 가졌다!
그래서 많은 불가능을 가능으로 바꾸며
발전해 온 거고. 바로 그 뛰어난
상상력이 해법이 될 수
있지 않을까?

하비의 과잉 행동

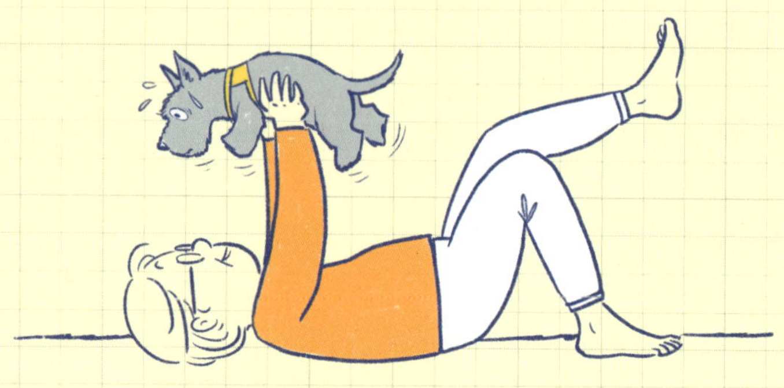

나는 하비를 좋아하지만 가끔 정떨어지는 행동을 할 때가 있다.

술 냄새가 폴폴 나는 입을 내 민감한 코에 갖다 댄다. 레슬링하는 것처럼

나를 안고 데굴데굴 구르면 순간 숨이 막히면서 짜증이 밀려온다.

가끔 매우 낮은 바리톤 음성으로 "똥꼬-"하고 길게 부르면 분명 좋지 않은

일이 생길 거란 예감이 들어 잔뜩 긴장이 된다. 면봉에 알코올을 묻혀

귀 청소를 해 줄 때 너무 깊이 헤집어서 기겁을 할 때도 있다.

그런데 오늘은 정말 희한한 방식으로 괴롭힘을 당하고 말았다.

하비는 가끔 작업을 하다가 음악에 맞춰 괴상한 춤을 추곤 한다.

내가 책상 밑에서 졸고 있는데 느닷없이 나를 들어 올렸다. 하늘로

쳐들었다가 옆으로 빙빙 돌리더니 땅에 내려놓고 양쪽 앞다리를 잡고

밀었다 당겼다 하며 요상한 커플 댄스를 추는 것이다. 만약

이 고문에 가까운 강제 커플 댄스가 조금 더 계속되었다면

하비의 손을 깨물었을지도 모른다. 커플 댄스는 인간끼리 추세요!

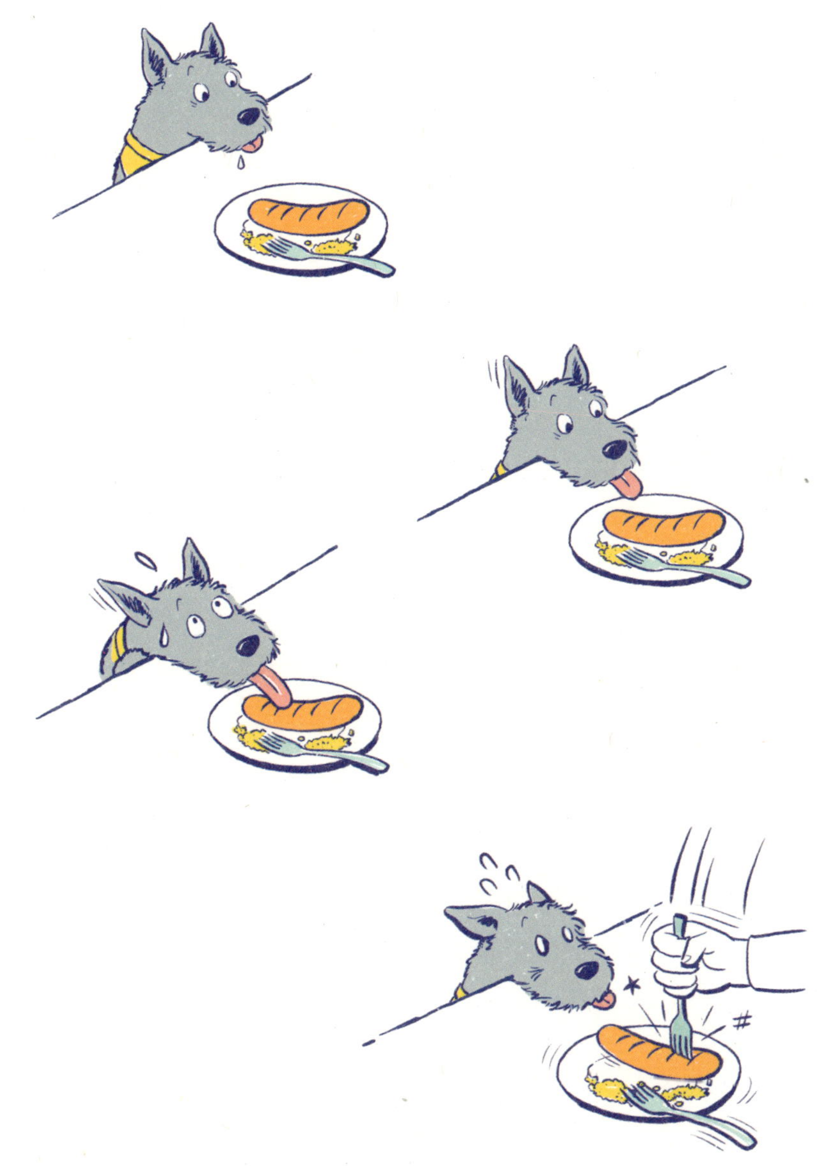

수제 니트 스웨터

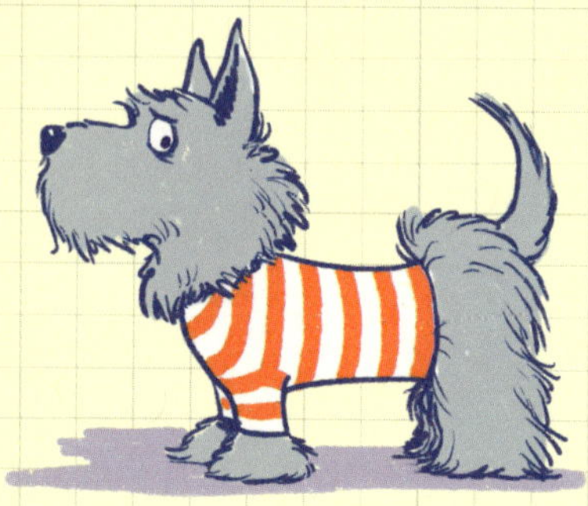

날씨가 추워지면 함미의 취미 생활도 시작된다. 함미가 며칠 동안
꼼짝 않고 소파에 앉아 긴 젓가락같이 생긴 막대기를 놀리며
손가락을 오므렸다 폈다 하더니 마침내 나를 부르는 소리가 들렸다.
드디어 함미의 수제 니트 스웨터가 완성된 모양이다. 나는 도망가고
싶었지만 함미의 정성을 생각해서 꾹 참기로 했다. 하지만 언제나
불길한 예감은 틀리는 법이 없다. 함미는 터무니없이 작은 쫄쫄이 니트를
내게 입혀 놓고 '딱이네!'라며 좋아했지만, 나는 몸을 움직일 때마다 조여
오는 갑갑함에 미쳐 버릴 거 같았다. 입장을 바꿔 놓고 생각해 보자.
털로 된 두꺼운 옷을 이미 입고 있는데 그 위에 내복을 껴입히는 게
말이 되나. 개 옷이 필요한 친구들도 분명히 있다. 조상이 더운 나라인
친구들은 성기고 짧은 털로 된 얇은 옷을 입고 있으니 추운 날 외출할 때는
겉옷이 필요하다. 그 외에는 전부 쓸모없는 것일뿐.

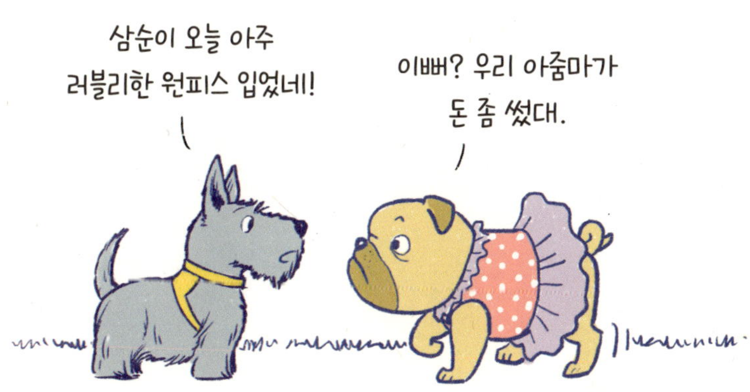
삼순이 오늘 아주
러블리한 원피스 입었네!
이뻐? 우리 아줌마가
돈 좀 썼대.

저기요!
지금 대화 중이거든요?
콩콩

하비 위로하기!

하비의 표정이 하루 종일 어두워 보인다. 이럴 때 나는
하비의 마음을 달래 주기 위해 노력하게 된다.
나의 대표적인 위로 행동 5가지!

턱이나 앞발 올려놓기

빤히 쳐다보기

얼굴이나 손등 핥아 주기

살짝 기대기

장난감 가져오기

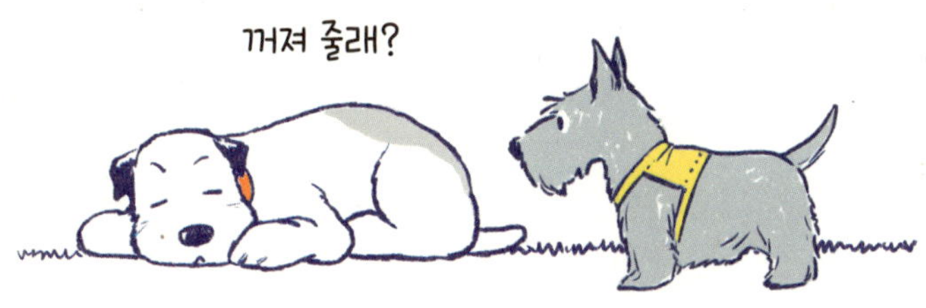
꺼져 줄래?

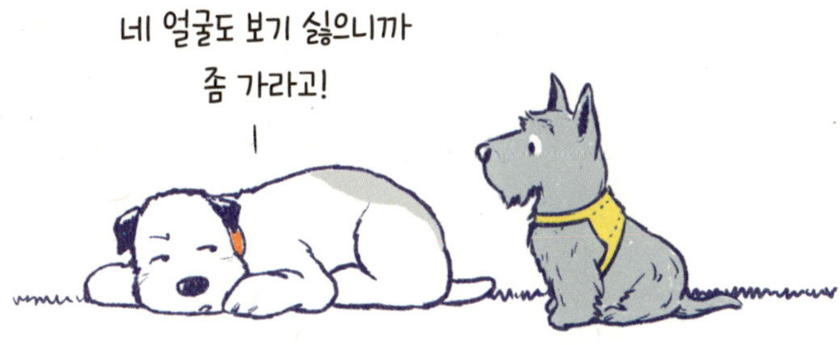
네 얼굴도 보기 싫으니까
좀 가라고!

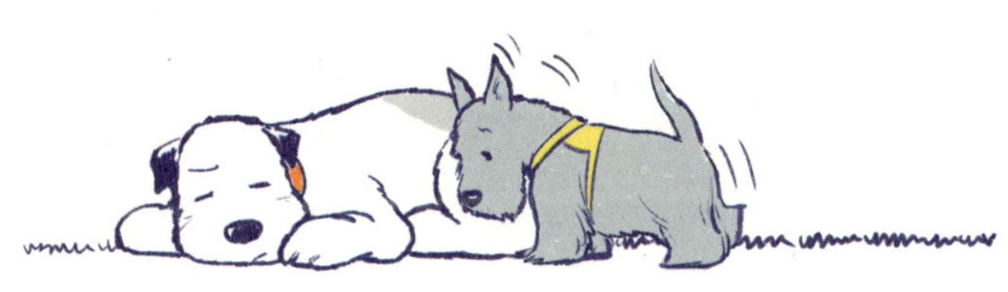

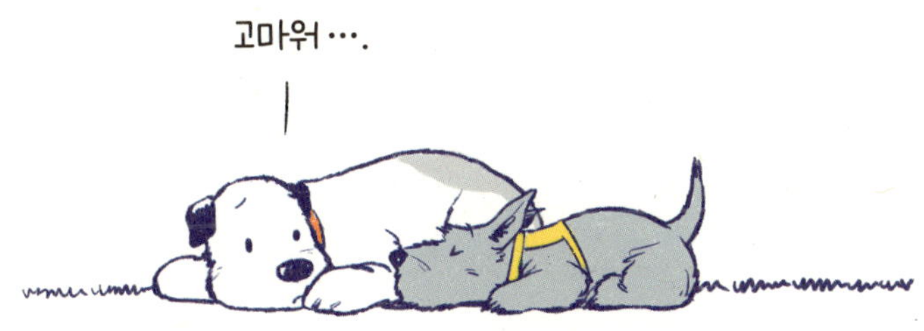
고마워….

애견 훈련소

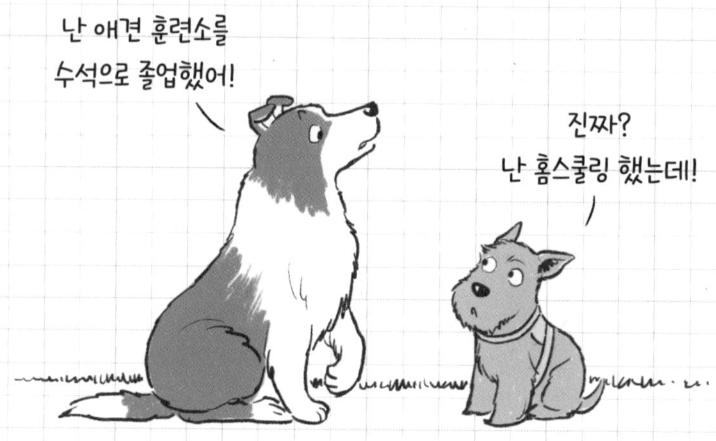

우리는 인간에 의해 오랜 세월 길들어, 원래 가지고 있던 야생성이
대부분 퇴화되어 사라졌다. 하지만 미세하게 남아 있는 그 흔적조차
없애기 위해 여전히 교육과 훈련을 받고 있다. 인간의 기대와 다르게
불쑥불쑥 나타나는 야생성 때문에 우리 같은 평범한 반려견도 훈련소에
보내진다. 특히 짖고 무는 본능을 통제하지 못하는 문제견이 되면 가족과
헤어져 전문가라 불리는 인간들에게 일정 기간 교정 교육을 받게 된다.
나는 경험하지 못했지만, 훈련소를 다녀온 다른 친구들의 얘기를 종합하면
인간 남자들이 가는 군대와 비슷하다고 한다. 군대에 가면 그전과
완전히 다른 인간이 되었다가 제대하고 얼마 지나면 그 전으로 다시
되돌아가는 것처럼 개도 마찬가지다. 인간이나 개나 쉽게 바뀌지
않는다. 환경에 따라 보이는 모습만 조금씩 달라질 뿐.

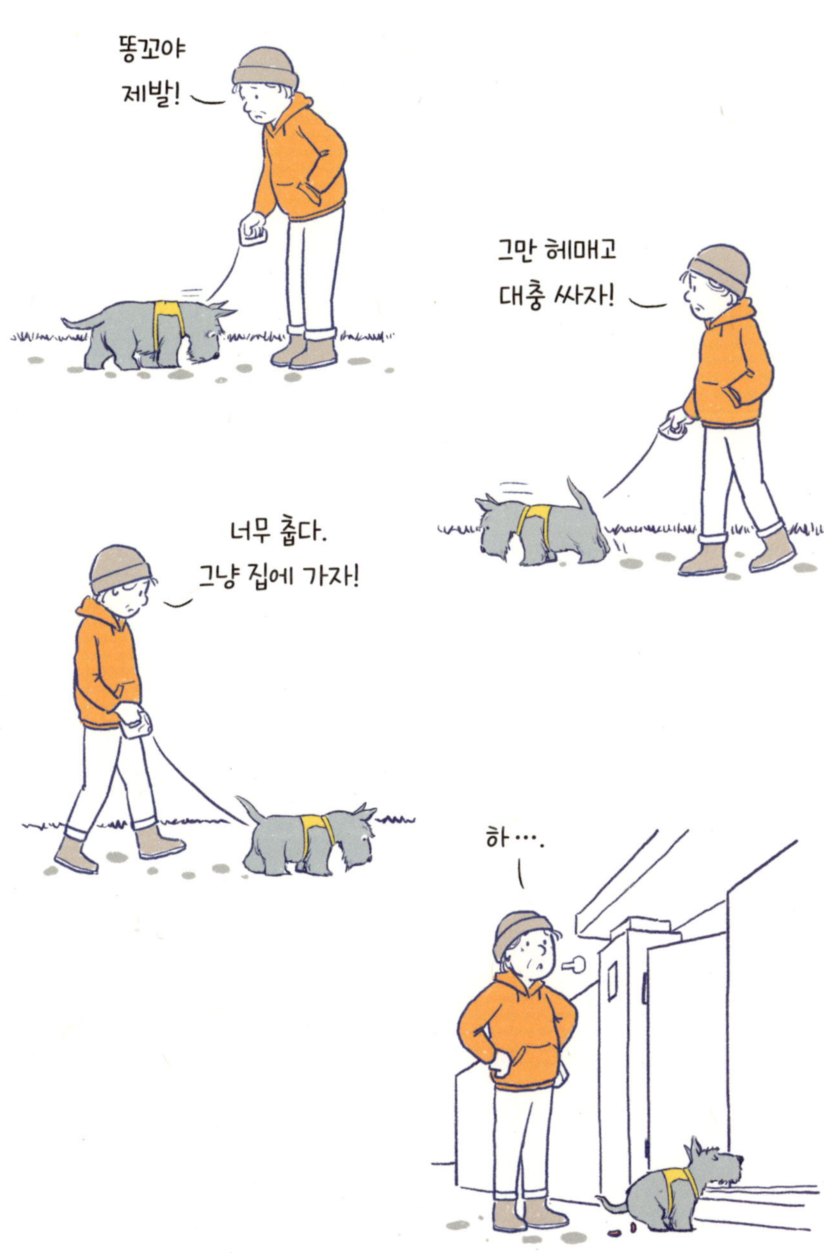
똥꼬야
제발!
그만 헤매고
대충 싸자!
너무 춥다.
그냥 집에 가자!
하….

좋은 나라에서 온 사월이

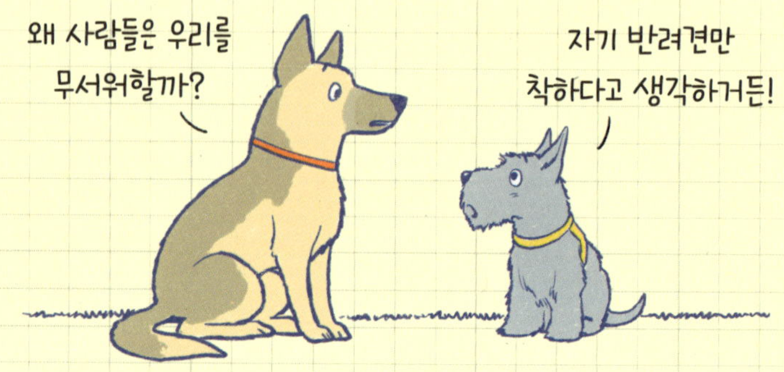

사월이는 튀르키에라는 나라에서 살다 왔다. 처음 한국에 왔을 때 길거리에 떠돌이 개가 보이지 않는 게 신기했다고 한다. 이 친구 말에 의하면… 튀르키에에서는 떠돌이 개와 인간과 함께 사는 반려견의 수가 비슷하고, 떠돌이 개들도 인간과 친근하게 아주 잘 지낸다고 한다. 덩치가 큰 개들도 동네 사람들이 너나 할 것 없이 대문 앞에 먹이를 놓아두고 보살펴서 대부분 자유롭고 편안한 삶을 살아간다. 국가 지원으로 동네마다 관련 기관에서 중성화 수술이나 예방 접종, 치료도 해 준다. 또한 거리와 공원의 개똥을 깨끗하게 관리하는 일이 노인들의 일자리라고 한다. 듣고 보면 개들에게 그 나라는 정말 좋은 나라다. 어떤 나라에서는 동물 학대를 엄중한 법으로 다스리지만, 어떤 나라는 무관심으로 방치한다. 어떤 나라에서는 반려인이 되기 위해 일정한 자격 요건과 테스트를 통과해야 하지만, 어떤 나라에서는 돈 몇 푼으로도 쉽게 반려견을 데려올 수 있다. 만남이 그렇게 쉽고 간단하니 헤어짐 또한 그렇고. 우리나라는 어떤 나라일까? 뻔한 답!

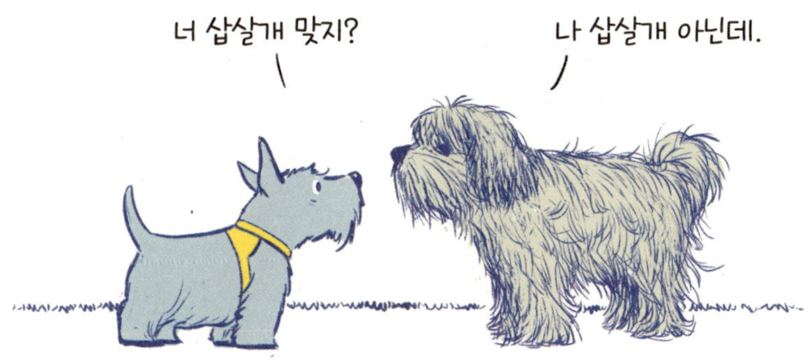
너 삽살개 맞지?
나 삽살개 아닌데.

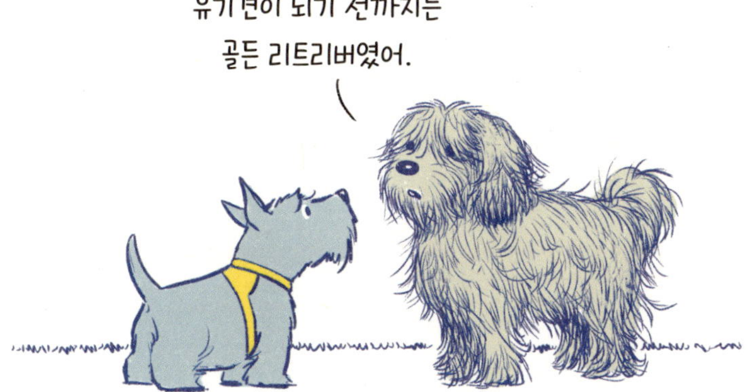
유기견이 되기 전까지는
골든 리트리버였어.

바다 끝 고향

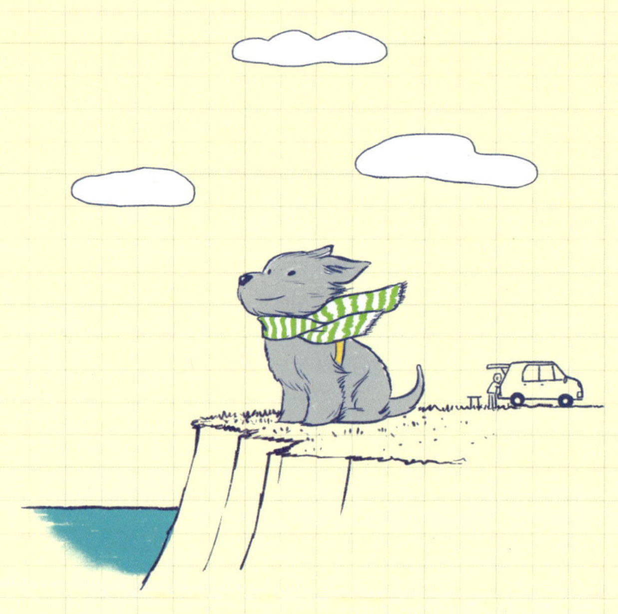

가족 여행은 피곤하긴 하지만 그래도 즐겁다.

이번에 찾은 바다는 저번에 갔던 바다와 많이 다르다.

그때는 살짝 회색빛을 띤 바다 위에 작은 산들이 둥둥 떠 있었는데,

이 바다는 푸른빛이 더 진하고 저 멀리 물과 하늘을 가르는

긴 경계선만 보인다. 짜고 비릿한 생선 냄새 대신 소나무 향이 실린

맑은 냄새가 나는 이 바다가 참 좋다.

하비는 차를 타고 오면서 내게 이 바다의 끝까지 배를 타고 가면

내가 태어난 고향 땅에 도착할 수 있다고 이야기해 주었다.

154

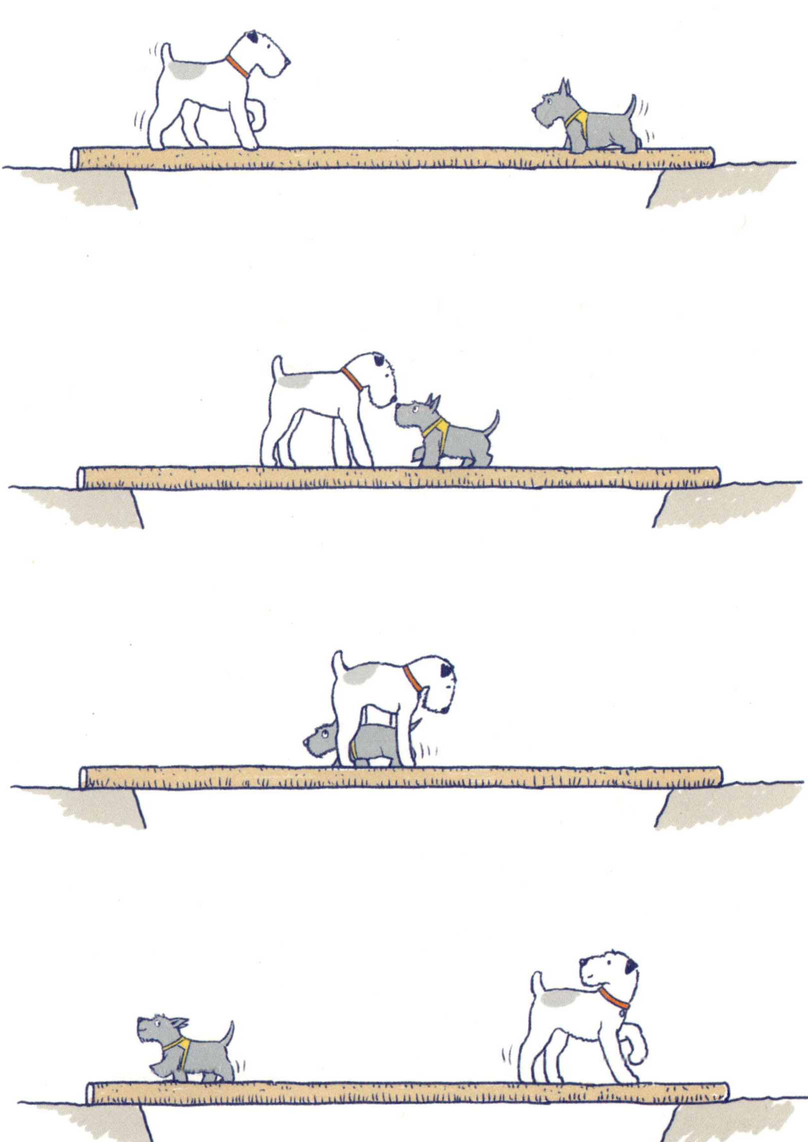

이별이 가까워지면

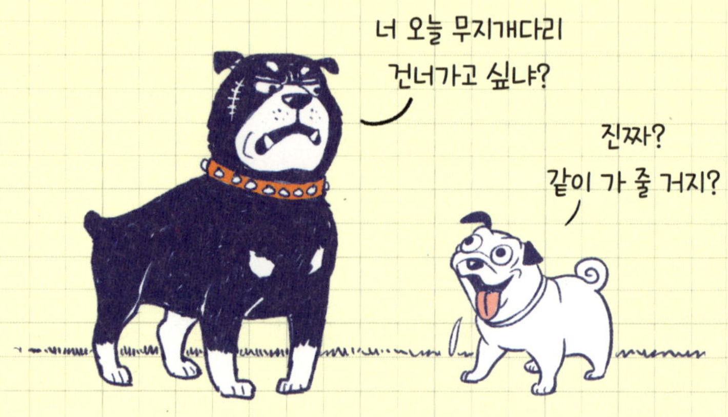

인간은 우리보다 다섯 배 이상 오래 산다. 그래서 우리의 일생은
인간보다 다섯 배 빠르게 진행된다. 우리 삶의 모든 순간을 함께했던
반려인들에게 우리의 늙음과 죽음은 참으로 애석하고 견디기 힘든 과정이
될 수밖에 없다. 우리가 열세 살을 넘겼다면 반려인은 이제 서서히
마음의 준비와 각오를 해야 한다. 털이 푸석해지고 똥이 묽어지며
산책하다가 자꾸 주저앉고 이름을 불러도 반응이 느려지고…….
그렇게 노화가 시작된다. 점점 더 식욕이 떨어지고 예전보다 다리가
차갑게 느껴지며 자꾸 어둡고 구석진 곳을 찾아 혼자 있고 싶어하면 이제
이별이 가까워졌다는 신호다. 우리 눈에서 초점이 사라지는 순간까지,
말로 표현할 수 없는 그 서글픈 과정을 우리의 반려인이
꿋꿋하게 잘 이겨 내기를 바랄 뿐이다.

하늘엔 죽으면 가는
천당이 있다던데.

천당이라는 데가 있대?

응. 착하게 살아야
갈 수 있대.

그럼 천당은
완전 개판일 거야!

개판?

인간은 거의 없고
개들만 바글바글할 거라고!

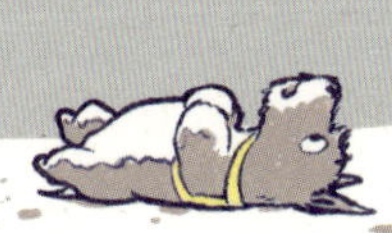
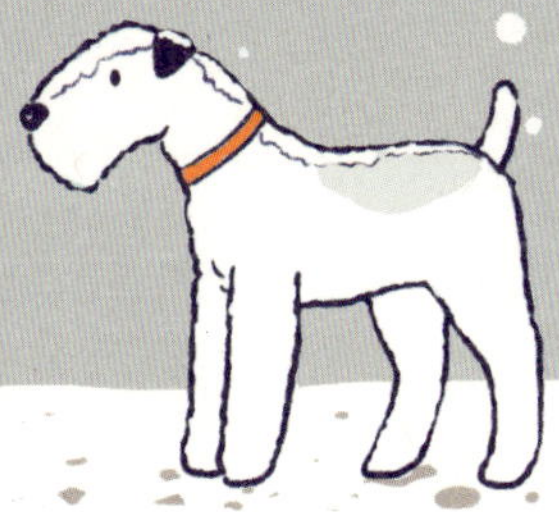

저마다 다른 개성, 다른 사연을 품고
누군가의 반려견으로 살아가고 있는 나의 친구들과
사랑으로 그들을 보살피는 반려인들에게
그리고 내가 비밀 노트를 시작할 수 있게 해 준
나의 영원한 베프 망치에게
고마움을 담아 이 책을 바치고 싶어.

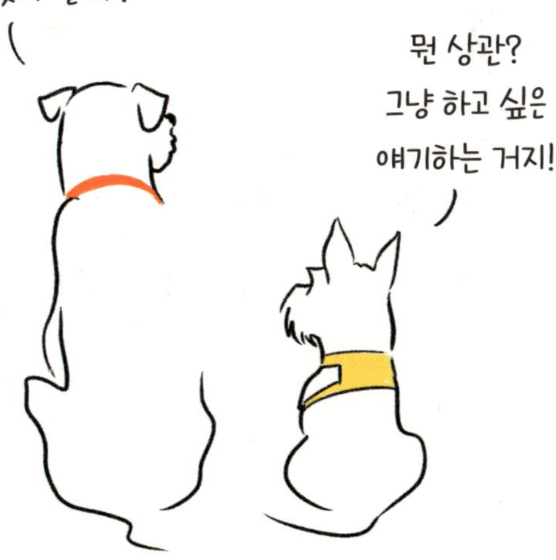

김충원 지음

명지대학과 김충원 미술 아카데미 등에서
오랜 기간 학생들을 지도했다. 30여 년 전 발표한
〈김충원 미술교실〉로 어린이 미술 교육의
새로운 방향을 제시하였고,
〈스케치 쉽게 하기〉 시리즈로 많은 팬을
보유하고 있다. 서울대학교와
대학원에서 공부하였으며, 5번의 개인전과
250권이 넘는 다양한 분야의 서적을 집필한 바 있다.
지금은 서울 근교의 한적한 산 중턱에 마당 있는 집과 개인 작업실을 짓고
가족과 반려견과 함께 살며 회화와 조각을 포함한 다양한 창작 활동을
이어 가고 있다. 시리즈 책으로 《망치의 개그림 일기》가 있다.

똥꼬의 개그림 노트

인쇄 — 2025년 6월 10일
발행 — 2025년 6월 17일
지은이 — 김충원
발행인 — 허진
발행처 — 진선출판사(주)
편집 — 김경미, 최윤선, 최지혜
디자인 — 고은정
총무·마케팅 — 유재수, 나미영, 허인화
주소 — 서울시 종로구 삼일대로 457 (경운동 88번지) 수운회관 15층
　　　전화 (02)720-5990　　팩스 (02)739-2129
　　　홈페이지 www.jinsun.co.kr
등록 — 1975년 9월 3일 10-92

※책값은 표지에 있습니다.

ⓒ 김충원, 2025

ISBN 979-11-93003-76-3　03810